I0687191

Der BOT liebt phi

Klaus Wimmer

MCRE Verlag
www.mcreverlag.de

ISBN-13: 978-3-943310-09-2

Für Nancy Elaine
&
Stephanie Ann

Habt Dank meine Freunde.

Ihr habt mich ermuntert.

Vorwort

Diese Geschichte erzählt von Menschen und Orten, die mich prägten und von Ideen, die mich faszinierten.

Die Namen der Personen sind erfunden.

1

Das Institut

Cybermafia

Kühne Ideen

Der Teufelskreis

Eugen wartete im stillen Osten des Alexandovsky Parks, entfernt von den Restaurants, Spielplätzen und Promenaden im Westen. Auf dieser Bank würde er Pjotr treffen. Sein Blick folgte der Silhouette der Dächer gegenüber, zunächst den monumentalen flachen Dächern aus der Zarenzeit, dann den Kuben und Türmchen sowjetischer Baumeister. Danach glaubte er im Licht der Junisonne einen Giebel zu erkennen, das Dach des Instituts.

Eugen liebte den französischen Charme des Hauses, das einst Hugenotten gebaut hatten. Im Treppenhaus hingen Gemälde der Familie du Mesnil, jener Pioniere, die Zar Peter der Große rief, um die Sümpfe trockenzulegen, auf denen Sankt Petersburg wachsen sollte. Es folgten die Bilder der Handwerker, die den Hafen und Schiffe bauten, zusammen mit all den anderen Einwanderern in das große russische Reich. Alle Bewohner dieses Hauses hatten sich verdient gemacht, die Familie der Mesnil und, in jüngerer Zeit, die Mitarbeiter des preisgekrönten Instituts.

Lange hatte Eugen nicht mehr an sein Institut gedacht, das nach dem Fall der Sowjetunion verschwand wie vieles andere. Er trauerte nicht, sah vielmehr belustigt den Krähen zu, die sich vor ihm balgten. Er bemerkte nicht, wie am Rand des Parks eine schwere Limousine hielt, der Chauffeur den Schlag öffnete, ein elegant gekleideter Mann entstieg und auf ihn zuging.

Pjotr setzte sich neben ihm auf die Bank. Die beiden wechselten nur einen Blick. Eugen nahm weder Pjotrs maßgeschneiderten Anzug wahr, noch die Patek Philippe Uhr oder die Schuhe von Gucci. Pjotr aber sah Eugens unrasiertes Gesicht, die wirre Frisur, das verschlissene Sakko und die maroden, einst eleganten Schuhe.

Pjotr wusste, all die Superhirne in Eugens Team hatten nach der Wende im Nu Jobs gefunden. Chinesen, Inder, Pakistani, Iraner und Israeli erhöhten ihr Militärbudget kontinuierlich und der Run auf die Spezialisten der zerfallenden UdSSR kam rasch in Gang.

Nur Eugen war übrig geblieben, der Beste von allen. Hatte er ein Problem? Waren es Alkohol oder Drogen, Alter oder Wahnsinn, die ihn herunterkommen ließen? Pjotr hatte ihn beschnüffeln lassen und herausgefunden, dass er einem Ruf an die Universität in Kiew nicht folgte. Er lebte bescheiden in seiner alten Wohnung.

Eugen hatte das Treffen immer wieder hinausgeschoben. Pjotr wollte ihn zum Karneval nach Rio mitnehmen. Die Samba-Girls müsse man sich gönnen, zumindest einmal im Leben. Er hatte ihn zum Urlaub nach Zypern eingeladen, diesem Winkel des Paradieses, in dem freundliche Orientalen reiche Russen verwöhnten.

Eugen hätte Pjotrs Werben vielleicht nachgegeben. Beide kannten sich seit ihrer Zeit auf dem Lyzeum 241, einer Kaderschmiede für die *high potentials* der Partei. Doch Eugen war klar, dass Pjotr ihn benutzen wollte für seine Mafiageschichten, die ihn reich machten.

Pjotr: „Schaust du immer noch den Krähen zu? Du hast dich nicht geändert."

„Sie begeistern mich wie früher."

„Rabenvögel nur, langweilige Biester."

„Sieh sie dir an. Elegant sind sie, kraftvoll, verspielt und klug."

„Ich erinnere mich, deinen Roboter hat du Meerkrähe genannt, MK 13."

„Du kannst dir denken warum."

„13?"

„Nun, zwölf sind abgesoffen. Version 13 brachte den Durchbruch. Version 5 liegt dahinten im Hafen. Wir haben sie nicht mehr gefunden."

Eugen war in Pjotrs Rechner eingebrochen und hatte sich umgesehen. Kein Zweifel, Pjotr war ins Cyber-Crime-Geschäft eingestiegen und verdiente glänzend mit dem Hacken & Erpressen von Banken weltweit. Die Banken zahlten schnell und gut, um den schönen Schein der Vertrauenswürdigkeit zu wahren. *Welch ödes Geschäft,* dachte Eugen, *ausgelutschte Technik in den Händen eines Kerls ohne Perspektive.* Was in aller Welt wollte dieser Gauner von ihm. Glaubte Pjotr wirklich, ihn mit ein paar Dollars ködern zu müssen? Warum suchte er sich keinen der hungrigen Hacker, die es zu hunderten gab?

Doch Pjotr hatte Pläne. Er wollte sein Gewerbe ausdehnen, denn das große Geld lockte anderswo: im Geschäft mit Cyber-Terror. Hier ging es nicht mehr nur um die Brot-und-Butter-Technik wie das Knacken einzelner Server und Router. Hier ging es um die Störung oder Zerstörung großer, komplexer Anlagen, Transportsysteme oder Kraftwerke etwa. Erpressung lohnte, wenn man den Panamakanal ausschalten konnte, die Gas-Pipelines Russlands, die Öl-Terminals Arabiens oder die IT-Infrastruktur der Wallstreet. Der goldene Schuss gälte den Hauptknoten des Internet, doch die waren noch außer Reichweite.

Pjotrs Geschäft der Zukunft lag im Zusammenspiel mit den Großen, ausländischen Geheimdiensten, internationalen Terrororganisationen, Waffen- und Drogenkartellen. Er wollte Dienstleister werden für die besonderen Wünsche betuchter Kunden.

Pjotr wusste, er hatte in diesem Geschäft nur die Wahl, exzessiv zu verdienen oder, bei Misserfolg, über die Klinge zu springen. Ein Drittes gab es nicht. Mehr denn je würde er also vom Können seiner Mitarbeiter abhängen. Deswegen war er hier.

Eugen hatte das Zeug, die Cyber-Zunft zu revolutionieren. Trojaner, Würmer, Viren und alle anderen Verfahren in Pjotrs Werkzeugkiste wurden um 1970 erfunden und ihre Entwicklung war heute am Anschlag angekommen. Die neuen Cyber-Attacken verlangten einen technologischen Quantensprung. Eugen könnte ihn schaffen.

Pjotr: „Hast du es dir überlegt?"

Als Eugen den Kopf schüttelte, zog Pjotr ein Bündel 1000-Dollar Noten aus der Jacke und blätterte sie mit dem Daumen durch.

„Eine halbe Million jetzt. Später mehr. Du bestimmst wie viel. Oder möchtest du Diamanten?"

Er holte eine Zedernholzkassette aus der Tasche, zeigte die exquisite Einlegearbeit des Deckels und öffnete ihn. Kristalle funkelten in der Sonne. Er reichte Eugen die Kassette, doch der reagierte nicht.

„Das ist ein verdammter Haufen Geld für ein Stück Software."

„Ein Stück Software – ist das dein Ernst? Wieder verkennst du den Kern der Sache."

Eugen wandte sich Pjotr zu.

„Ich habe heute Bachs Brandenburgische Konzerte gehört. Es ist die schönste Musik der Welt. Sie ist heute so großartig wie vor 300 Jahren – eine Erfüllung für Abermillionen Menschen. Sag mir, wie viel ist diese Komposition wert? Soviel wird meine Theorie wert sein. Verstehst du das?"

„Von deiner Kunst versteh' ich nichts. Aber ich verstehe, was du am liebsten machst – dein Spiel spielen. Schade. Wir wären ein gutes Team gewesen, das Beste auf dem Markt."

Das Gespräch war beendet. Pjotr ging zu seinem Wagen und Eugen blieb im Licht des Abends zurück. Wieder betrachtete er die Krähen, den eleganten Schwung der Line von der Spitze des Schnabels zur Spitze des Schwanzes, sah das glänzend-glatte Gefieder und die schlichte Choreografie der Bewegung. Nichts davon gab es bei Pfauen, Enten, Sperlingen, Bussarden, Elstern. Nichts an der Krähe war zu viel oder zu wenig. Sie war perfekt.

Eugens Gedanken kehrten zu Pjotr zurück. Ihm wurde bewusst, wie viel er von Pjotrs kriminellen Geschäften wusste und von dessen gewalttätigem Charakter. Pjotr war ein Mann, der sich das Talent nahm, das er brauchte. Eugen spürte, er sollte besser die Stadt verlassen. Er drehte seinen Ring um den Finger und ging.

1

Pjotr fluchte ausgiebig auf dem Weg zu seinem Wagen. Er ließ sich in den Fond fallen, sein Herz hämmerte und seine Gedanken tobten. *Dieser miese Affe. Hat mich stehen lassen wie einen Schuljungen. Ich dreh ihm noch den Kragen um. Hat mir seine Theorie unter die Nase gerieben. Hat von Abermillionen gefaselt. Lachhaft. Der Idiot hat meine Diamanten nicht einmal angeschaut. Abgestürzt ist er, der Spinner.*

„Katworski!"

Der Chauffeur schlug den Weg zu der Cocktailbar ein, in der sich Pjotr volllaufen lassen würde. So früh am Abend war die Bar noch leer und sein Stammplatz frei. Der Barmann grüßte seinen Kunden und sah, dass der heute nicht in der Stimmung war für einen Singapore Sling. Härteres musste es sein. Er schenkte Pjotr ein Glas Swiss Highland Single Malt Whiskey ein und stellte es mit einem *cheers Pjotr* auf den Tisch und die Flasche daneben. Langsam beruhigte sich Pjotr und machte sich daran Eugens Verhalten zu erklären. *Wie tickt der Typ? Was hatte er übersehen?*

Pjotr dachte an Eugens Ring, den er heute wieder gesehen hatte – diesen klobigen Ring eines Helden der Sowjetunion – Hammer und Sichel in Gold auf rotem Grund. Erinnerungen überkamen ihn jetzt mit Gewalt. Es war diese Szene, die sich in sein Gedächtnis eingegraben hatte. Lange suchte sie ihn im Traum heim, hatte sich nicht verdrängen lassen. Damals saß er unter den vielen hundert Besuchern im Kongresspalast des Kremls als Eugen – dekoriert mit Ring und Orden und bejubelt von der Menge – die Treppe von der Bühne niederstieg im Licht der Scheinwerfer. Ein Orchester im Blumenmeer hatte für ihn gespielt und ein Admiral der

Nordmeerflotte ihn gepriesen, den Genossen Superstar der Robotik.

Dabei hatte die UdSSR die Robotik lange Zeit wenig beachtet, stürzte sich auf spektakulärere Techniken, auf Satelliten, U-Boote und Raketen, allesamt Symbole der Größe, Stärke, Dominanz. Da lag die neue Klasse von Systemen abseits – die der grazilen Maschinen mit Intellekt, die ihren eigenen Weg gingen.

Doch Eugens Roboter hatten ihren Test glänzend bestanden und damit das Land in die erste Liga der Wissenschaft befördert. Seine Tauchvehikel waren im Baltischen Meer ausgesetzt worden und erkundeten, was nur wenige je erfuhren, die Häfen der schwedischen Marine. Niemand hätte sie unter Wasser durch die Schären steuern können, hin zu den Docks und Bunkern im Fels, von denen der Geheimdienst annahm, dass sie existierten. Eugens Roboter waren auf sich allein gestellt auf ihren Wegen durch das Labyrinth der Küste und der Häfen. Sie lieferten eine Fülle aufsehenerregender Information über Marineanlagen, U-Boote, Korvetten und Minenleger. Mehr noch, Eugens Kreation war nicht nur der erste autonome Roboter jenseits des Eisernen Vorhangs – es war auch der wissenschaftliche Durchbruch Eugens, des Genies.

Pjotr stöhnte unter der Macht der Erinnerung. Er war stolz gewesen auf seinen Kumpel mit dem er die Zeit auf dem Lyzeum abgerissen hatte. Er war aus dem fernen Sibirien angereist, um Eugen zu gratulieren, hatte ihm eine Flasche edlen grusinischen Kognaks in die Hand gedrückt, das selten gewordene Lieblingsgetränk Stalins.

Er war auf dem rauschenden Fest dabei, das zu Ehren Eugens stieg. Er erlebte, wie sehr dessen Mitarbeiter ihn bewunderten. Er konnte spüren, wie leidenschaftlich sie von der innovativen Architektur und vom genialen Funktionsdesign sprachen, das die überlegene Intelligenz des Roboters realisierte.

Die Erinnerung schmerzte. Pjotr biss sich auf die Lippe, spuckte Blut. Was Eugen vor vielen Jahren ersonnen und erprobt hatte, war heute Gold wert. Warum nur hatte Eugen sein Riesenangebot ausgeschlagen? Was nun? Pjotr begann seine Optionen zu prüfen. Geld schien Eugen nicht zu interessieren. Sex? Nein, Eugen würde nicht in die Honigfalle tappen. Aber er würde kooperieren, wenn man ihm die Folterwerkzeuge zeigte. Die unfeinen Methoden der Mafia wirkten Wunder. Immer. Lächelnd leerte er sein Glas.

2

Chuck las die Message auf seinem Handy, steckte es ein, ließ die Bürotür ins Schloss fallen und fuhr hinunter in die Lobby, um Bill, seinen Gast, in Empfang zu nehmen. Er war erleichtert, als er dem großen alten Mann gegenüberstand.

„Du bist gekommen. Also hast du mir vertraut. Ich freue mich."

„Um ehrlich zu sein, ich konnte mich kaum an dich erinnern, hatte nur so ein Gefühl *der Junge ist ok*. Du hättest mir einen Tipp geben können. Was ist denn los?"

„Ich werde dir alles sagen – auf einem kleinen Ausflug, wenn du magst."

„Wo soll's hingehen?"

„Runter zum Potomac. Wir schippern ein wenig, gehen essen, bleiben ungestört."

Als Bill nickte, gab Chuck dem Empfang ein Zeichen, den Wagen vorzufahren. Kurz darauf waren sie unterwegs und redeten über die Umstände, die sie früher einmal zusammenbrachten.

Bill zog ein CIA-Projekt mit Bravour durch, das zweimal zuvor gescheitert war. Es ging um Spionage mittels Satelliten, also um ein Superteleskop im Orbit, um höchstauflösende Filme und eine nie zuvor praktizierte Nachrichtenkette zwischen einem Satelliten und dem Hauptquartier der CIA. Die Technik hatte Chuck, damals am Anfang seines Werdegangs, fasziniert. Ein Film wurde aus dem Satelliten herauskatapultiert, schwebte am Fallschirm zur Ende, wurde von einem speziellen Jet über dem Pazifik aufgefangen und umgehend nach Washington gebracht.

Ebenso fasziniert verfolgte Chuck Bills Management, den Aufbau und die Führung eines überragenden Teams. Bill schwang auch in kritischen Situationen nie die Peitsche. Keiner konnte ihm geschönte Zahlen unterjubeln, dazu kannte er die Details des Projekts zu gut – studierte sie schon um fünf Uhr morgens. Er konnte die Stimmung im Team spüren und – das war eine seltene Gabe – er konnte loben.

Bald nach diesem Projekt zog sich Bill ins Privatleben zu seiner kranken Frau zurück. Chuck verlor ihn aus den Augen, behielt ihn aber im Gedächtnis als einen der Großen, die er kennenlernen durfte.

Während der Fahrt schilderte Chuck Erinnerungen, die 25 Jahre zurücklagen. Dann parkten sie an einer Marina, stiegen in Chucks Boot, fuhren den Fluss abwärts, legten an bei *Granny's Crabcakes,* einem kleinen Restaurant am Ostufer und setzten sich an einen Tisch unter einem der riesenhaften Sycamore-Bäumen vor dem nun kaum mehr zu überblickenden weiten Fluss. Hier war Amerika schön. Bill genoss den Ausflug.

„Nun spann mich nicht weiter auf die Folter. Was hast du vor?"

„Ich bin auf einer Mission von Terry Hancock, dem Sicherheitsberater des Präsidenten."

Terry sah die wachsende Terrorgefahr – wer würde sie denn nicht sehen. Und er misstraute den nationalen Agenturen gründlich, vor allem den drei Geheimdiensten: *Die können es nicht.* Seit vielen Jahren zapften sie Daten ab. Mit Echelon begann die Misere. Jedes Jahr sagten sie, dass sich das Datenvolumen verdoppelt und sie deshalb dreimal mehr Geld brauchten. Es war wie im kalten Krieg. Wenn die Kommunisten 8000 Atomsprengköpfe hatten, dann brauchten wir doppelt so viele. Heute wollten sie Serverfarmen und Supercomputer. Doch sie fuhren blind auf dem immer gleichen Gleis. Und sie merkten es nicht.

Terry hatte Chuck und sein Team eingeladen und ihnen die Aufgabe klar gemacht.

„Unsere Sicherheitsmaschinerie stellt ein enormes Risiko dar. In 5 Jahren fahren wir gegen die Wand. Die Israelis machen es anders und die Chinesen ebenso. Vermutlich machen sie es schlauer als wir. Wenn wir die schlauere Lösung verpennen, dann helfe uns Gott. Nun macht euch auf die Socken. Bringt mir Ideen. Ich will neue Optionen."

Bill hatte mittlerweile sein Dessert verspeist.

„Und nun sag mir endlich, was du zu tun gedenkst."

„Ich möchte, dass du mitmachst. Stell mir ein Team zusammen."

Bill winkte ab.

„Quatsch. Ich bin ein alter Mann, der gerne Granny's Schokoladentorte im Schatten genießt."

„Du bist der Richtige."

„Ich versteh' nichts vom Terror."

„Damals hast du auch nichts von Satelliten verstanden, außer, dass man Raketen braucht, um sie hochzuschießen. Trotzdem hast du den Karren aus dem Dreck gezogen."

„Ich kenne niemand mehr, meine Kontakte sind verrostet."

„Wir werden sie ölen. Wir haben Geld."

„Habt ihr auch eine Idee?"

„Nicht wirklich. Aber neulich ist mir ein Buch in die Hände gefallen, das ich als Junge verschlungen habe: *Der Hund von Baskerville.* Ich habe es wieder gelesen und Sherlock Holmes bewundert wie früher. Bill, Sherlock Holmes, das wär's."

„Du möchtest also einen genialen Detektiv schaffen?"

„Einen? Vielleicht hunderte. Sie wären das intelligente Gegenteil der dummen Dinge, die die Sicherheitsdienste heute machen. Aber es ist nur so eine Idee."

Bill stand auf.

„Hm. Nur so eine Idee? Ich habe dich gehört und nun brauche ich Zeit. Besuche mich gelegentlich. Und jetzt machen wir uns auf den Rückweg."

3

Chuck fuhr hinüber nach Virginia ins Tal des Shenandoah, die Anhöhe zu Bills Haus hinauf und parkte neben dem Stall, in dem einst Susans Pferde standen. Bill hieß Chuck willkommen zu einem Besuch, der nicht der letzte bleiben sollte. Sie setzten sich an den Küchentisch am Fenster, tranken Kaffee, stärkten sich an einer Fertigpizza und sahen die Sonne sinken. Dann führte Bill seinen Gast am weißen Zaun der leeren Pferdekoppel entlang und einen Hang hinauf bis zu einem Ort, Susans Vista, der Ausblick bot auf den Fluss und den Park im Tal. Auf dem Weg zurück erzählte Bill über sich.

Er hatte das Reiten aufgegeben und die Pferde verkauft, die im Winter versorgt werden mussten. Er hatte es schweren Herzens getan, denn Pferde gehörten zu seinem Leben, seit er als Junge zur Schule ritt. Doch damit schaffte er sich Zeit für die Dinge, die er liebte. Mit Vergnügen führte er das Ehrenamt seiner Frau im nahen Nationalpark weiter. Außerdem hatte er sich der bewegten Geschichte der Südstaaten und des Bürgerkriegs zugewandt und war der Vereinigung zur Pflege des Andenkens an General Robert E. Lee beigetreten.

Chuck war klar geworden, dass Bill keine neue Aufgabe brauchte. Sein Anliegen, ein Team zu bilden und zu managen, würde dem alten Mann alle Freizeit nehmen, ihn auf Reisen schicken und ihm vielleicht die Kräfte rauben. Dennoch sprach Chuck sein Anliegen an. Zur Antwort führte Bill ihn vor das Haus zu einem kleinen Felsblock, vor dem die Gartenstühle standen, auf denen Bill und Susan gerne saßen.

„Ich werde es tun, Susan zuliebe. Sie hätte es gewollt. Setzen wir uns."

Bill erzählte von seiner Frau, die in Virginia ihre ganze Kraft der Bewahrung der Natur widmete und Freiheit über alles liebte.

„Ich stand auf diesem Stein und habe ihre Asche in den Sturm geschüttet. Dann habe ich die Urne zerschlagen. Sie wollte es so. Sie wollte Freiheit, auch im Tod. Chuck, meine Asche soll auch der Wind mitnehmen – mit zu ihr.

Doch bis dahin haben wir noch Arbeit zu erledigen, nicht wahr. Komm nun. Lass uns essen. Es gibt Steak mit Bohnen. Das habe ich schon als Bub gekocht auf unserer Farm in Texas."

Beim Essen besprachen sie die Hürde, an der ihr Vorhaben wohl scheitern würde. Sie konnten ja nicht durch die Lande ziehen und den Universitäten, den Forschungsinstituten und der Industrie ihr vages Vorhaben verkünden, konnten nicht nach Ideen fragen und dann freundlich zur Mitarbeit einladen. Ebenso gut könnte man bei der Konkurrenz, den Sicherheitsdiensten, um Zusammenarbeit bitten. Das würde den Bock zum Gärtner machen. Ihr Vorhaben wäre tot, wenn sie die Decke der Geheimhaltung auch nur ein wenig lüften würden.

Bill hatte es damals leichter gehabt, trotz strenger Sicherheitsvorschriften. Er hatte die CIA zum Freund gehabt, heute würde sie sein Gegner sein. Früher durfte er nicht reisen, nicht einmal seine Schwester besuchen, die in München verheiratet war. München lag zu nah am Eisernen Vorhang für einen Geheimnisträger wie ihn. Heute dagegen würde er ins Ausland reisen müssen, dorthin wo sich die NSA noch nicht eingenistet hatte. Chuck warnte ihn vor den Israelis und den Engländern, den alten Freunden. Indien dagegen war noch nicht NSA-verseucht und technisch auf der Höhe. Viele Inder, die an amerikanischen Universitäten Karriere machten und Firmen aufbauten, waren wieder zurückgegangen. Und da war noch Frankreich. Dort gab es Spitzentechniker und Freundschaft, seit das französische Volk 1886 den jungen USA die Lady Liberty schenkte. Und dass die

US Boys 1945 die Nazis aus dem Land jagten, war unvergessen. Dennoch wollte die Grande Nation die NSA nicht im Land haben.

„Lass uns darauf noch einen Franzosen trinken. Rotwein ist für alte Knaben eine von den besten Gaben. Magst du diesen *Entre Deux Mers*? Dazu gäbe es eine hübsche Geschichte zu erzählen. Doch davon ein andermal."

Sie widmeten sich einem weiteren Knackpunkt des Vorhabens. Sie ahnten, dass sie neue Technik brauchten, von der sie selbst nichts verstanden. Erst wenn ein technisches Konzept vorlag, würden sie Leute mit Sachverstand rekrutieren können. Aber Sachverstand war bereits gefordert, um ein Konzept zu machen. Hier biss sich die Schlange in den Schwanz. War der Wein ein böses Omen – waren sie *zwischen zwei Meeren* gefangen?

Lange diskutierten sie und leerten dabei die zweite Flasche. Beide wussten von Leuten, die sich mit Computern und dem Internet gut auskannten. Sollte man bei ihnen vorfühlen, Ihnen falsches Interesse vorspielen und sie aushorchen? Bill könnte inkognito auftreten. Chuck könnte ihm eine neue Identität verschaffen und für ihn eine Stiftung für Sozialforschung gründen. Sie würde als altes Institut mit besten Referenzen ausgewiesen sein. Bill könnte dann als reicher Menschenfreund auftreten und exotische Projekte diskutieren. Jeder würde dem großen alten Mann vertrauen und viele ihn bewundern.

Bis hierher reichte Chucks Kalkül. Bill war der einzige, der diese Rolle spielen konnte und er würde mitspielen. Doch sie trieben ein gewagtes Spiel, dessen Chancen nicht besser als 50:50 standen, Vabanque also für Bill und Russisches Roulette für ihn selbst. Er durfte Terry Hancocks Faible nicht in den Sand setzten. Beide waren sich der Lage bewusst, dennoch gingen sie beschwingt zu Bett. Der *Chateau de Soussac* hatte seine Wirkung getan.

4

Eugen, der Held vergangener Tage, war seit langen aus dem Blick der Öffentlichkeit verschwunden. Er lebte den rauen Alltag eines Rentners in St. Petersburg. Die Läden quollen über mit westlichen, kaum erschwinglichen Waren. Die Wohnung blieb bisweilen kalt und manche Busse fuhren nicht, denn der russische Staat war marode. Auf seine Fürsorge war selbst für ehemalige Helden kein Verlass.

Seine Auszeichnung hatte Eugen Ruhm, Kontakte und Geld gebracht, ohne die er es derzeit schwer hätte. So konnte er ein bescheidenes Leben in Unabhängigkeit genießen, hatte er doch, was er brauchte: sein Klavier und seine Computer.

Computer baute Eugen allesamt selbst, maßgefertigt für seine Zwecke. Deswegen war er Stammgast auf dem Schwarzen Markt, wo seltene Ersatzteile ebenso zu haben waren wie die neuesten Chips aus Japan und den USA. Oft bezahlte er nicht, denn wertvoller als Rubel waren für die Leute dieser Szene seine kenntnisreichen Tipps.

Früh schon war er auf Feiwel, das größte Organisationstalent der Szene, angewiesen, denn seine Tauchroboter hatten hohe Ansprüche an die Hardware gestellt. Dafür waren die Komponenten aus dem Ostblock zu langsam, zu groß und zu schwer, allein ihre Stromversorgung war ein Alptraum. Selbst Robotron in der DDR hatte ihm nichts zu bieten. Seinen Erfolg verdankte er vor allem den US Firmen Digital Equipment Corporation und Texas Instruments.

Eugen hatte die *Kunst des kreativen Organisierens* gelernt, um mit den Defiziten eines Systems ohne Markt zurechtzukommen. Diese Kunst half ihm auch jetzt, in der neuen Zeit des überbordenden Marktes. Er kam zurecht.

Vor allem genoss Eugen die Muße, sich seiner unvollendeten Theorie der Maschinenintelligenz widmen zu können. Die sah er auf der Entwicklungsstufe der Fliegerei um 1930 angekommen – zwar funktionierend, aber in ungeahnter Weise ausbaubar. Seinen Freunden pflegte er seine Theorie mit Musik zu vergleichen: sie klänge zwar noch wie ein Kinderlied, doch bald schon wie die *Kunst der Fuge*.

Wehmütig dachte er bisweilen an sein handverlesenes Team zurück. Jahre könnte es arbeiten an der Implementierung der Theorie, einer großen und unvergleichlich schönen Aufgabe. Ruhm und Ehre wären ihm gewiss, auch die edelsten Preise, die für Wissenschaftler zu vergeben sind.

Nachdem die Last der Institutsleitung von ihm genommen war, lebte Eugen ganz nach seiner Facon. Am Piano frönte er der Musik von Tschaikowsky und Bach. Am Computer betrieb er den Sport vieler Computerintellektueller, nämlich Schutzwälle und Sicherheitsschranken zu brechen. Sein Ego ertrug es nicht, eine Barriere nicht knacken und einen Computer nicht ganz und gar beherrschen zu können. Doch handelte es sich bei solchem Spiel am Computer nur um Fingerübungen. Seine Leidenschaft gehörte der Theorie maschineller Kognition, den Maschinen mit universellem Lernvermögen und den Verfahren für allgemeines Problemlösen.

Diese Theorie war früher schon erträumt worden, aber selbst die besten Köpfe waren daran gescheitert. Und schließlich wurde der Nachweis, dass es diese Verfahren nicht geben könne, mit einem Preis der Computerwissenschaft gewürdigt. Das bedeutete das Ende einer Disziplin im Westen.

Eugen kannte die Ansätze der Amerikaner und Europäer und die Gründe ihres Scheiterns. Die westliche Literatur war ihm wohlbekannt. Alle Bücher und Zeitschriften über Artificial Intelligence (Künstliche Intelligenz) und Cognitive Science (Kognitionswissenschaft) waren in seiner Institutsbibliothek verfügbar, beschafft vom Ministerium für Außenwirtschaft.

Um westliche Computerliteratur zu lesen, hatte Eugen mit Begeisterung Englisch gelernt. Er mochte das zupackende, optimistische Lebensgefühl, das diese Sprache vermittelte, und mehr noch die Musik, den Jazz. Sie bereicherten sein Denken und öffneten eine neue Sicht der Welt.

5

Eugen war unterwegs zu *Feiwels Informations und Kommunikationstechnik*. Dieser Laden mutete an wie ein Museum und ein orientalischer Basar. Es gab alte sowjetische Technik zuhauf, gemischt mit alter und neuer Bastelware. Das Geschäft ging schlecht, denn die alte Technik und ihre Liebhaber starben aus und die neue Technik wurde per Internet vertrieben.

Das war nicht immer so. Feiwel gehörte einer großen Familie an. Seine Brüder und Cousins wohnten in Haifa und Nikosia. Sein Onkel arbeitete am Arpanet bei Bolt Beranek & Newman in den USA.

Feiwel profitierte damals von besonderen Umständen. Die deutsche Industrie drängte ins russische Geschäft und verdiente gut daran. Siemens baute den Sowjets im Ural ein Zentrum für Fertigungsautomatisierung und zeigte sich dafür den Wünschen des Ministeriums für Außenwirtschaft aufgeschlossen. Zum Dank richtete die Firma eine direkte Kommunikationsverbindung zwischen Moskau und Zypern ein. Siemens war im Vorderen Orient seit drei Generationen vertreten, hatte alle Länder mit einem Fernschreibnetz verbunden und löste jetzt die analoge Telefonie mit leistungsfähiger digitaler Technik ab.

Eugen bemerkte mit Interesse, dass eine moderne Vermittlungsanlage in Moskau stand, die mit Bulgarien verbunden war, von wo es eine Funkverbindung nach Nikosia auf Zypern gab. Der Kurierdienst des Ministeriums nutzte diesen Link in den Westen.

Eugen hatte Feiwel einen Tipp gegeben. Wenn sich die Vermittlungsanlage auf Zypern kapern ließ, dann konnte man die Anlage in Moskau aus der Ferne konfigurieren. Dann war für ihn der Weg in den Westen offen – der Zugang also zu technischen Spezifikationen, Prozessoren, Sensoren und Aktoren. Die Nachfrage würde erheblich sein. Kuriere konnte man schmieren, und Feiwel und sein Bruder in Nikosia würden verdienen.

Da traf es sich gut, dass die Deutschen gegenüber den Israelis ein schlechtes Gewissen hatten und Wiedergutmachung übten. Deutsches Geld floss, Israelis studierten in Deutschland und deutsche Firmen waren gehalten, mit israelischen Partnern freundlich zu kooperieren. So erhielten die Israelis nicht nur ISDN-Anlagen sondern auch vertrauliche Information über

Verschlüsselung, Fangschaltungen und die geheimen Hintertüren im System.

Bald waren die Anlagen in Moskau und Nicosia konfiguriert. Eugen und Feiwel hatten ihre private Telefonverbindung in den Westen. Ihr Stolz war jedoch Technik, die heute prähistorisch anmutet: ein kleines tragbares Terminal der Marke TI. Es konnte – langsam zwar, aber von allen Orten wo es einen Telefonhörer gab – mit Rechnern kommunizieren und so die Brücke schlagen ins Arpanet, dem Vorläufer des Internet. Die Verbindung von Sankt Petersburg ins Silicon Valley klappte. Für Feiwel brachen goldene Zeiten an, und Eugen hatte größtes Interesse, dass dessen Geschäft blühte.

Eugen lud seine Workstations und Server aus dem Taxi und deponierte sie bei Feiwel.

„Du verreist also wieder.“

„Ja. Und diesmal kann es gut sein, dass sie meine Wohnung knacken und Jagd machen auf diese Dinger. Aber sie sollen nichts finden. Diese Sticks und CDs sind für deinen Tresor. Hüte sie gut.“

„Mit deinen Kisten kann doch keiner etwas anfangen. Sind exotischer Eigenbau schätze ich mal. Das Zeug, was du bei mir kaufst, will kein anderer.“

„Wer Talent hat und meine technische Handschrift lesen kann, kommt auf Ideen, die ich lieber für mich behalte.

Feiwel, wenn du die Kisten ausschlachten und verkaufen kannst, dann tu es. Ich schenke sie Dir. Wenn ich zurückkomme, baue ich mir Besseres.“

Während Feiwel die Computer verräumte, durchstöberte Eugen Schubladen und Schachteln. Er kannte sich hier aus. Feiwel kam dazu.

„Du hast dich vergriffen. Das ist altes Zeug.“

„Ist aber gerade recht. Ich brauche Geschenke. Sensoren am liebsten. Audio und Video. Etwas für Berührung, Temperatur, Schwerkraft, Himmelsrichtung. Etwas mit einfacher, langsamer Schnittstelle. Soll mit schwachen Prozessoren laufen."

„Da hab ich noch einen Mustererkenner von TI."

„Lass die Seriennummer sehen. Ah, er ist aus der falschen Produktion – nicht aus der fürs Militär. Aber gut genug. Ich nehme ihn."

Eugen hatte eine kleine Kollektion ausgewählt. Er bezahlte und klopfte Feiwel auf die Schulter.

„Leb wohl, mein Freund."

„Wenn du in zwei Wochen nicht zurück bist, schau ich mal rüber in deine Wohnung. Den Schlüssel habe ich ja noch. Dann mach's gut und lass von dir hören."

6

The Chaos Communication Camp is an international, four-day open-air event for hackers and associated life-forms. The Camp features lectures, workshops and experiments.
You can participate! Bring your tent and join our village. The Camp takes place 7/8/9/10th August near Berlin, Germany (Old Europe).

Dieser Einladung im Internet waren, wie auch in den Jahren zuvor, Scharen von Hackern gefolgt. Das Camp lag inmitten der sanften Landschaft Brandenburgs, gesäumt von Feldern, Pferdekoppeln und einem See.

Ein Sendemast überragte Buden und Zelte, Lastwagen, Stromgeneratoren, das Gewirr von Kabeln und die Schränke von Servern. Dies war kein Platz wie jeder andere, das war jedem der verschworenen Gemeinschaft klar. Man kannte sich und wusste im Nu wer dazugehört. Englische, holländische, deutsche, polnische Laute lagen in der Luft. Viele hier genossen die Ruhe der Natur nach einer geschäftigen Nacht am Computer. Andere wie Jean und Wacko, hielten die Organisation in Schwung und strickten am Stromnetz. Man traf sich an der Frittenbude und im Seminarzelt, beschwingt von den tausend neuen Ideen, die im Camp kursierten. Doch erst nachts, im Schein der kleinen Lampen, beim Sound von Saxophon und Bongo entfaltete sich der ganze Zauber des Camps.

7

Ein Knäuel von Menschen hatte sich gebildet, und Rufe schallten *Eugen, Eugen, hallo Professor, hi buddy* ... Viele Camper strömten hinzu, umringten Eugen, der gerade angekommen war, müde lächelnd, willkommen in vertrauter Umgebung.

Die Neuen erfuhren rasch den Grund der freudigen Aufregung: *der russische Guru ... ein wahres Genie ... aus St. Petersburg ... hat die RPS Codes analysiert ... ist der Beste.* Jean und Wacko ließen ihre Kabel fallen, um Eugen zu begrüßen, ein anderer umarmte ihn und zog ihn in sein Zelt. Nur Augenblicke später saß Eugen vor einem Laptop, umgeben von Hackern und vertieft in ein Problem.

Es schien Eugens Bestimmung zu sein, von Zelt zu Zelt geschleppt zu werden, Tag und Nacht mit Computern konfrontiert. Deswegen war er da – wollte alle Ideen zu absorbieren, die der Kids, der Professionellen und der Freaks. Jeden von ihnen ließ er an seinem Wissen teilhaben. Gebannte Fans umdrängten Eugen auf Schritt und Tritt und pflegten ein seltsam kryptisches Idiom: *why skip single sign on? ... da haste authentification failure ... kann kein*

29

random challenge generieren ... jetzt nen crypto calc ... nein, neuer SRV Typ ... sniffer wie Carnivore...

Sie hatten ihren Spaß mit allem was schief lief – auch mit Robotern, die sich danebenbenahmen. Özi, ein Junge nur, zeigte seinen kleinen kruden Roboter, eine absonderliche Konstruktion aus Rädern, Drähten, elektronischen Komponenten. Langsam bewegte er sich dem Rand eines Tischs entlang. Da schüttelte einer der Zuschauer einen Schlüsselbund vor den Sensoren. Wie erschreckt, fuhr das Vehikel zurück, über den Tischrand hinaus, und fiel in Özis Schoß. Der erntete Gelächter und Spott: *Bring ihm doch mal Tischmanieren bei. – Husch husch in Mamis Schoß.* Das Camp war ein munterer Ort.

8

Eugen, der durch das Camp schlenderte, fand Özi gedankenversunken vor seinem alten PC.

"Hallo mein Freund. Klappt es?"

Stolz präsentierte der seine Arbeit. Sein Roboter rollte durch die Lücke zwischen zwei Flaschen, die kaum genügend Platz ließ. Eugen beobachtete das Präzisionsmanöver mit Interesse und gab dem Jungen einen anerkennenden Klaps.

"Wow, die Sensorkopplung ist super."

Als Özi vor Freude strahlte, setzte sich Eugen zu ihm. Sie unterhielten sich über die Schnittstellen der Sensoren und den schmalbrüstigen Prozessor, den Özi verwendete. Rasch tauchten sie in Architekturfragen ein, in die Optimierung von Kosten, Energieverbrauch, Rechenleistung und Funktionsüberwachung.

„Ich glaube, dein Prozessor ist zu schwach für die neuen Sensoren. Alte wären besser. Probier's mal damit."

Eugen zog zwei Sensoren und eine CD aus dem Rucksack, steckte sie mit einen Das-braucht-niemand-wissen-Zwinkern Özi zu, und ging weiter zu Wackos Zelt. Wacko, ein Hacker der alten Garde, sah wie ein übriggebliebener Hippie aus mit langem Haar und Bart, dekoriert mit Ketten, Tätowierungen und Piercings. Er und Jean brüteten über dem Ausgang ihres Versuchs. Sie wollten, wie fast alle anderen im Camp, den hochdotierten Wettbewerb der Chemieindustrie gewinnen: € 50.000 für den, der die hochgesicherte Anlage zur Phenolsynthese hackt.

Sie waren am toten Punkt angelangt und wussten auch warum. An dieser Stelle waren alle mit ihrem Latein am Ende. Als Eugen die Voraussetzung fürs Weiterkommen nannte, konterte Wacko verächtlich.

„Ach ja? Dieser Trusted Server lässt sich nicht austricksen. Gerade du solltest das doch wissen."

Nach einer Pause brach Eugen das Schweigen der ratlosen Runde:

„Ich werd's mal probieren."

Die Runde war elektrisiert.

„Echt? … Mach keine Witze … verdammt."

Doch mit einem kühlen *Willst du wetten?* forderte Eugen Wacko heraus. Der wollte es wissen.

"Ok. Wie viel?"

Eugen drehte seinen Ring und sie wetteten um weit mehr Geld als er bei sich hatte. Dann startete Eugen ein Programm, das tausende Zeilen über den Bildschirm rollen ließ, schließlich abbrach und eine einzelne Zeile anzeigte. Den gebannt folgenden Beobachtern wurde im

Nu klar, der Server hatte geantwortet wie Eugen wollte. Eugen hatte gewonnen. Sie schwiegen lange – überwältigt und perplex. Endlich fand Jean Worte.

„Alle Schlösser aufgebrochen, alle Türen im Netz weit offen. Mann o Mann, das ist die Dämmerung einer neuen Zeit."

Wacko und Jean fühlten sich wie gelähmt. Schweigend reichte Wacko hinauf in die bizarre Sammlung von Plüschtieren, die von der Decke des Zelts hing, griff einem riesigen Teddybären in den Rücken, zog ein Geldbündel ans Licht und übergab es. Ungerührt steckte Eugen das Geld ein, forderte die Runde mit einem Handzeichen zur Verschwiegenheit auf und verließ sie.

In früheren Jahren im Camp hatte Eugen niemanden, schon gar nicht Semi-Profis wie Wacko, so tief in seine Trickkiste schauen lassen. Aber er war knapp bei Kasse und er genoss es, wenn den Stars der Szene vor Staunen der Mund offen blieb. Diesmal war er mit seinem illegalen Trick zu weit gegangen, doch er fürchtete keine Klagen, obwohl sich die Kunde davon wie ein Lauffeuer im das Lager verbreiten würde. Sein Programm hatte keine Spuren hinterlassen. Doch es hatte Jean auf eine Idee gebracht.

Neulich hatte Jean dieser Amerikaner besucht, ein seltsamer Weltreisender und ein beeindruckender Zeitgenosse. Jean war aus dessen Absichten nicht schlau geworden, dennoch hatten sie sich blendend unterhalten und ein wenig philosophiert über *die Macht und die Drohung des Internet*. Der Amerikaner hatte sich ein wenig im Institut umgesehen, schien an Zusammenarbeit interessiert und ließ eine gewisse Vorliebe für skurrile Typen erkennen. Jedenfalls hatte er Geld.

Jean und Eugen spazierten über Wiesen entlang an Pferdekoppeln zum See. Jean kraulte die Pferde am Zaun und erzählte von Pferden, mit denen er als Junge aufgewachsen war – zuhause, auf dem Bauernhof, wo es auch Kühe und Kälber gab, Hühner, Enten, Tauben und Hasen, Hunde und Katzen und natürlich Schweine. Nach der Ernte und dem Dreschen wurde ein Schwein geschlachtet.

„Nichts anderes hat sich so in mein Gedächtnis eingebrannt. Der Metzger, die Familie und Freunde waren seit dem Morgengrauen beschäftigt und mittags saßen alle zusammen bei Kesselfleisch, Brot, Salz und Gewürzen, die es nur am Schlachttag gab. Nachmittags hingen die Würste im Rauch und der Schinken lag im Salz.

Wenn wir nur genügend Kartoffeln und Milch haben, dann gibt es keine Not, so sagte dann meine Großmutter, und wenn wir noch ein Schwein haben, dann kann der Winter kommen.

Du siehst, ich komme aus der Provinz. Ich wäre Bauer geworden, wenn wir einen größeren Hof gehabt hätten. Ich mag meine Heimat sehr und ich möchte sie dir zeigen."

„Das wäre wunderbar."

Eugen dachte an die flache russische Provinz, die er erlebt hatte, an das, was sich in sein Gedächtnis eingegraben hat: die Flotte von Traktoren, die über die endlosen Felder der Kolchose fuhren. Nichts davon hätte er Jean zeigen wollen.

Dann kam Jean zur Sache. Er wollte Eugen zur Arbeit am berühmten *Französischen Institut für die Sicherheit von Computernetzen* in Grenoble gewinnen, wo er eine

Abteilung leitete. Sie diskutierten die großen und nur allzu bekannten Herausforderungen beim Schutz der Netze, doch mehr noch die Vorzüge Frankreichs: Klima, Küche und Kultur. Besonders im Südosten, in der Drôme nahe Grenoble, könnte Eugen ein wunderbares Zuhause finden.

„Eugen, ich will ehrlich sein. Ich habe Angst was die Zukunft bringen wird. Die paradiesische Zeit des Internet ist vorbei, als es grenzenlos war, frei, demokratisch, kostenlos und das Symbol einer neuen Zeit. Nie hätte ich gedacht, dass das Netz zum Instrument für Sex & Crime verkommen würde."

Die beiden waren an dem kleinen See angekommen, nahmen auf einer Bank Platz und Eugen schaute über das anmutige Land.

„Welche Idylle."

„Eugen, unser Institut zieht Hacker wie die Fliegen an. Wir können unsere Hochburg der Sicherheit nur mit Mühe schützen. Doch sie wird fallen. Es ist nur eine Frage der Zeit.

Vieles ist im Fluss. Unser Geheimdienst verliert seine Kontakte in den Untergrund, weil sich die Islamisten neu organisieren. Weißt du übrigens, dass 5 Millionen Menschen in Frankreich leben, deren Wurzeln in Algerien, Marokko und im Sahel liegen? Es sind gewiss ehrbare Franzosen, es sind aber auch Extremisten darunter. Und sie rüsten auf."

"Das ist normal. Zuerst gab es Pfeil und Bogen, dann Gewehre und Kanonen, Panzer und Flugzeuge, Unterseeboote mit atomaren Bomben. Doch für jedes Gift gibt es ein Gegengift.

„Wir haben kein Gegengift. Das ist es ja. Was sollen wir tun? Eugen, willst du uns helfen?"

Wenig später waren Jean und Eugen unterwegs. Ihre Route führte durch die Schweiz, vorbei am Genfer See, nach Savoyen. Dort verließ Jean die Autobahn, fuhr auf kleinen Straßen in die Maurienne, einem Dorado des Radsports. Er wollte Eugen drei legendäre Pässe zeigen und dessen Herz höher schlagen lassen. Auf dem Col de la Madeleine, wo der Blick nach Norden geht zu den gewaltigen Gipfeln des Mont Blanc und sich nach Süden im Gipfelmeer der Westalpen verliert, war Eugen still geworden – so grandios hatte er sich Frankreich nicht vorgestellt. Weiter ging es zum Col de la Croix de Fer und schließlich durch karges Hochgebirge hinauf zum Col du Galibier. Auf der Passhöhe glänzten die Rennmaschinen der rastenden Radfahrer in der Sonne und die vergletscherten Steilwände der Ecrins waren zum Greifen nah. Jean zeigte die Straße hinunter.

„Hier bin ich mit dem Fahrrad gefahren, oft im Morgengrauen vor einem Rennen. Siehst du die Kurve da unten? Da stand ich, wenn das Rennen von Norden kam. Vor der Kurve liegt eine brutale Rampe, und wer als erster aus der Kurve kommt, hat praktisch gewonnen. Also habe ich mir für meine Helden die Seele aus dem Leib geschrien."

Dann rollten sie von der Passhöhe hinab und folgen dem Fluss Romanche für lange Zeit nach Westen. Wieder drehte sich ihr Gespräch um die Sorgen von Jean, der um das Internet fürchtete.

„Glaub mir, die Hacker-Seuche wird sich zur Pandemie ausweiten, schlimmer als die Spanische Grippe. In drei Jahren wird das Internet nur Sondermüll sein. Mal es dir einmal aus, dieses irre Szenario."

„Ich glaube nicht, dass es so schlimm kommen wird. Die Gefahren sind zwar riesengroß, da hast du Recht. Und unsere Verteidigung ist schwach, auch da hast du Recht. Doch sind wir nicht am Ende. Es gibt Ideen, neue Wege. Und nun werde ich Dir von Dingen erzählen, die du nicht erleben konntest, die uns aber weiterbringen können."

Eugen berichtete von der Zeit, als die Computer begannen schnell genug zu rechnen für das, was ein Häuflein Forscher um 1970 ersonnen hatte. Sie hatten es *Künstliche Intelligenz* genannt, *Artificial Intelligence* um genau zu sein, denn es waren primär Amerikaner, die dem Computer nicht mehr nur befehlen wollten: *tu dies, dann jenes.* Vielmehr fütterten sie die Maschinen mit Fakten über die Welt und mit einem logischen Kalkül, um aus gegebenen Fakten neue Fakten herzuleiten.

Die Grundlagen dafür waren schon in der Antike gelegt worden. Nun aber wurden Computer programmiert, um Musik zu komponieren, Geschichten zu erfinden und Schach zu spielen. Vor allem aber sollten Maschinen das Wissen von klugen Leuten aufsaugen. In der Tat lernten sie von den besten Ärzten, was zu tun ist, wenn das Herz eines Patienten unregelmäßig schlägt und unter welchen Umständen Digitalis, ein starkes Gift, dabei hilft. Computer sollten lernen bei Tag und Nacht, sollten alle Fakten wissen, die in einer Enzyklopädie stehen, und viel mehr.

Es war die Zeit der Pioniere, der Erforscher des Denkens. Und es war die Zeit des großen Geldes und strategischer Pläne. Hunderte Millionen Dollar flossen in die Tempel der Forschung, wo den Militärs Roboter versprochen wurden, um das Kriegshandwerk intelligent zu erledigen.

Damals hatten die Computer selten genug Wissen, um ihre Aufgaben gut zu erledigen. So kam es, dass ein Programm eine Kindergeschichte erfand, an deren Ende die Schwerkraft ertrank. Das war logisch, denn, so erzählte die Geschichte, ein Hund machte einen Sprung und, weil ihn die Schwerkraft nach unten zog, fiel er samt der Schwerkraft ins Wasser. Das Programm wusste, dass Tiere, also auch Hunde, schwimmen können, nicht aber die Schwerkraft. Sie hatte also Pech und musste ertrinken – gemäß der simplen Regel: alles was im Wasser nicht schwimmen kann, geht unter.

Eugen: „Du siehst, die Defizite der Künstlichen Intelligenz waren groß. Viel größer aber war die Aufregung über ihre Anfangserfolge und ihre ungeahnten neuen Möglichkeiten. Damals habe ich einen Tauchroboter gebaut.

So ein Biest kann sich im Meer orientieren, Chancen und Risiken erkennen, Ziele setzen, deren Ausführung planen und den Plan ausführen. Bei alledem muss sich der Roboter immer selbst prüfen – wie ein Mensch, der sich fragt: *Habe ich meine Tätigkeit abgeschlossen, komme ich meinem Ziel näher, mache ich weiter so oder gibt es gerade Wichtigeres zu tun?* Ein Controller dieser Art, der Introspektor, war übrigens der Schlüssel zum Erfolg.

Jean, ich sage dir das, weil ich glaube, dass wir das Internet intelligent verteidigen müssen. Zwar nicht mit schwimmenden Robotern, aber mit neuartigen Programmen, die zum Beispiel die Rolle einer Internet-Polizei spielen. Und das ist eine Riesenherausforderung."

11

Schließlich erreichten sie den Rand der Alpen. Eugen war verzaubert, als Jean auf einem Hügel hielt, Wein, Brot und Käse auspackte und zum Picknick einlud. Ringsum lagen sanfte grüne Hügel, die Collines. Im Osten ging der Blick zu den weißen Spitzen der Hochalpen, im Westen über Weingärten ins Rhônetal und auf die Anhöhen jenseits des großen Flusses. Unten im Tal aber lag die tausendjährige Abtei Saint Antoine. Welch ein Anblick! Jean deutete nach Süden.

„Schau, dahin wollen wir. Es ist nicht mehr weit."

Schließlich fuhr Jean einer aus Steinen aufgeschichteten und von blühendem Knöterich überwucherten Mauer entlang, bog durch ein Tor und hielt vor einem alten Bauernhaus.

„Voilà Eugen, hier bist du zuhause, bist à *la maison*."

Eugen blickte um sich und spürte den Charme des Ortes, den Generationen einer Familie geschaffen hatten. Anna trat aus der Tür und ging auf die Ankömmlinge zu. Ihr Haar war sorgsam gelegt. Sie trug kein Makeup, schlichte Kleidung und zierliche Schuhe. Jean begrüßte seine Mutter herzlich. Eugen, der sich nach den Tagen im Camp zerknittert fühlte, blieb scheu, als Anna sich ihm zuwandte.

„Sie müssen Eugen sein – Jean hat telefoniert. Bienvenue Monsieur."

Ein alter Traktor fuhr lärmend vorbei und Jean winkte dem Fahrer zu.

„Das ist unser Nachbar Henri, er besorgt die Landwirtschaft. Du wirst ihn kennenlernen. Ich fahre nun weiter. Ich denke du wirst bald Besuch bekommen. Bis dahin, gehab Dich wohl mein Freund. Salut."

Als Anna und Eugen die Diele betraten und Eugen neugierig durch eine halb geöffnete Tür lugte, bugsierte ihn Anna mit *Treten Sie ein in mein Reich.* in den Raum dahinter. Eugen stand in einer alten Bauernküche, sah den großen Herd, die rotbraunen Fliesen des Bodens, die Deckenbalken, Töpfe und Pfannen, Büschel von Kräutern und Gewürzen. Diese Küche vermittelte die uralte, bodenständige und kultivierte Lebensart Frankreichs. Anna deutete auf Flaschen in einem Alkoven.

"Das ist unser Wein. Eugen, Sie werden ihn mögen. Sie haben Glück, die Kirschen sind reif und die ersten Tomaten. Kommen Sie nun mit mir."

In Annas Wohnzimmer stand ein Piano, das Eugen beim Gang durch die Diele erspähte. Wenig später erklang Musik von Tschaikowsky im Haus, während Anna das Hähnchen zubereitete, das Henri geschlachtet hatte. Mit einem französischen Mahl ging für Eugen eine weite Reise zu Ende.

Tage vergingen, in denen sich Eugen seiner neuen Welt widmete, Henris altem Traktor, Annas Garten und ihrer Bibliothek. Er studierte die vielen fremdartigen Bücher während Anna amüsiert zusah.

„Sie lesen Aristoteles? In Griechisch?"

„Ich lehre seine Philosophie und ich liebe sie. Es ist mein Privileg."

„Meine Philosophie beschränkt sich auf den Marxismus, wenn man Marx einen Philosophen nennen will."

„Jedenfalls hat Marx von einem berühmten Philosophen gelernt – von Georg Wilhelm Friedrich Hegel. Haben Sie also keine Angst vor der Philosophie."

Ein paar Tage später unterhielten sich Jean und Anna auf der Bank im Garten hinter dem Haus. Sie liebten diesen Ort. Hier war Stille, hier war Leben und Vertrautes. Anna berichtete ihre Eindrücke von Eugen.

„Ich glaube, er beginnt den Zauber der Drôme zu spüren. Er mag den Wein und die Kirschen."

„Henri hat mir gesagt, dass Eugen ihn besucht hat. Die beiden konnten sich zwar nicht unterhalten, haben am Traktor rumgeschraubt. Henri meint, Eugen kann wiederkommen."

„Da siehst du's. Neulich ist er nach St. Antoine zur Abtei gelaufen und wollte dann alles darüber wissen. Also hab ich ihm die Geschichte erzählt. Hier auf der Bank sind wir gesessen."

Die Geschichte, begann mit dem heiligen Antonius, der wenige Jahrhunderte nach Christus als Eremit in der Wüste Ägyptens lebte und noch immer als *Vater der Mönche* verehrt wird. Splitter seiner Gebeine wurden im Kloster als Reliquie aufbewahrt und haben ihm den Namen gegeben.

Dazwischen lagen faszinierende Begebenheiten aus Jahrhunderten: Byzantiner hatten einst Arabern die Reliquie abgejagt und sie später dem französischen Ritter Jocelin als Lohn für Waffendienste gegeben. Der brachte sie hierher, wo sie zuletzt einem konkurrierenden Orden in die Hände fiel und von Kloster zu Kloster zog.

Die Odyssee der begehrten Reliquie war nicht verwunderlich, sprach man ihr doch erstaunliche Heilkraft zu. So strömten Pilger und Kranke herbei, denn Krankheit war die vielleicht schlimmste Plage des Mittelalters.

Um die kranken Pilger zu versorgen, entstand das erste Hospital Europas und die Krankenpflege nahm ihren Anfang. Hier bekämpften Mönche das Antoniusfeuer, eine schreckliche Entzündung die, so weiß man es heute, von einem Pilz herrührt, der das Getreide vergiftet.

„Zweimal sind wir mit dem Auto spazieren gefahren. Ich habe ihm die schönen Seiten der Drôme gezeigt. Eugen hat gemerkt, dies ist keine Region der Industrie, des raschen Wandels, der Moden und Moderne. Und doch ist sie nicht zurückgeblieben. *Hier lässt es sich leben*, hat er gesagt. Und besonders beeindruckt hat ihn, dass unser Land ein halbes Jahrtausend lang eine friedliche römische Provinz war.“

Jean küsste seine Mutter.

„Danke, du hättest es nicht besser machen können. Mir liegt so viel daran, denn er hat sich noch nicht entschieden.“

„Was ist das Problem?“

„Zunächst müssen seine Papiere aus Leningrad kommen und übersetzt werden. Dann gehen sie zum Präsidenten des Instituts und zur Verwaltung. Und endlich geht die ganze Angelegenheit zum Auswärtigen Amt. Es wird also Wochen dauern, bis ich ein Angebot machen kann.“

Anna lachte.

„Ah ich verstehe: Sicherheit geht über alles.“

„Ich hoffe, der Amerikaner ist schneller. Er will mit uns kooperieren und ich habe ihm Bescheid gesagt. Er kommt nächste Woche.“

„Dann werden wir uns um Eugen kümmern.“

„Bitte, halte ihn bei der Stange. Lass ihn nicht abspringen. Du kannst das.“

12

Eugen trat durch das große Tor in den Innenhof der Abtei St. Antoine. Heute würde er den angekündigten Besuch treffen, Jeans Partner. Ein rüstiger Mann in den Siebzigern, salopp gekleidet, kam geradewegs auf Eugen zu und schüttelte seine Hand.

„Hallo, du musst Eugen sein. Ich bin Bill, Amerikaner. Jean hat viel von dir berichtet. Schön, dass wir uns endlich treffen. Komm, wir sehen uns in dieser wunderbaren Gegend ein wenig um."

Sie wanderten in weitem Bogen um die Abtei herum und rasteten schließlich auf einem Hügel. Unter ihnen lag das Kloster.

„Jean hat mit dir von seinen Problemen gesprochen. Und du hast eine Lösung skizziert. Er meint, die Lösung sei heiß."

„Sie fällt aus dem Rahmen."

„Worum geht's denn?"

Während Eugen über seinen Ansatz sprach, ergründete Bill dessen Persönlichkeit. Dazu spielte er das *Ich bin Du Spiel.* Er hatte es als Kind entdeckt und leidenschaftlich gern gespielt. In diesem Spiel imitiert Bill im Geist sein Gegenüber: er spricht die gleichen Worte mit gleicher Betonung im gleichen Rhythmus, macht im Geist die gleichen Bewegungen, hebt die Hände, dreht den Kopf, pausiert und atmet wie Eugen. Bill simuliert das Verhalten einen fremden Menschen. Er möchte den Anderen spüren. Jeder Mensch verhält sich ungewohnt, bisweilen absonderlich. Doch wie fühlt es sich an? Anziehend oder abstoßend? Vorhersehbar oder überraschend? Auf dieses sehr persönliche Gefühl verließ sich Bill seit vielen Jahren und auch beim Treffen mit Eugen. Bill hatte ein gutes Gefühl.

"Wenn wir deine Lösung wählen, dann liegt eine enorme Aufgabe vor uns. Wir werden uns quälen müssen. Ich denke dabei an die alten Mönche, die Ritter gegen den Terror ihrer Zeit, die Krankheit. Ich fühle mich wie einer von ihnen."

Sie wanderten zurück, gingen durch die Klosterkirche, schauten hinauf in die hohen reparaturbedürftigen Bögen des Kirchenschiffs, stiegen hinunter in die kleine düstere Krypta und waren allein. Eugen musterte den archaischen Ort aus grob behauenem Fels. Seine Hand strich über den kühlen starken Stein. Bill beobachtet ihn.

„Erbaut von Mönchen, welch ein Team."

"Ein großes Team in der Tat. Es war einer großen Idee verpflichtet. Es war die Idee, die das Team geformt hat. Bill, die Idee allein zählt."

Der Hall im steinernen Rund ließ diese Worte erklingen – sie klangen wie ein Bekenntnis.

Ein paar Tage später hatten sich Bill und Eugen zu einer Wanderung aufgemacht, um sich kennenzulernen. Der Weg führte sie hinauf zum *Col de la Bataille* mit atemberaubender Sicht, dann wieder hinunter zu einem kleinen See.

Eugen erfuhr, dass Bill seine Karriere als Forschungsmanager schon abgeschlossen hatte, als er sich verpflichtete, ein besonderes Team für eine ungewöhnliche Aufgabe zusammenzustellen. Bill wiederum lernte, dass Eugen im Kindesalter eine Schachmeisterschaft gewann und dafür büßte. Er wurde in ein sowjetisches Internat zur Förderung Hochbegabter gesteckt, fern von seiner Mutter, die ihm die Liebe zur Musik gegeben hatte. Eugen nannte es eine Zuchtanstalt.

„Das klingt schrecklich."

"Nun, ich hatte Freunde und meine Musik: Mozart, Bach, Tschaikowsky – genug zum Überleben. Einmal habe ich eine Schallplatte von Charlie Parker gehört. Sein Jazz war für mich von einer anderen Welt. Es mag sich komisch anhören, aber darin spürte ich Freiheit, spürte den Westen. Vielleicht bin ich seinetwegen heute hier."

Sie schwammen in den See hinaus, als Bill die erwartete Frage stellte.

„Wirst du in meinem Team sein?"

Eugen dachte zurück an die Chance, die in Pjotrs Angebot lag. Dessen Ziele waren zwar nicht die Seinen, doch die Richtung stimmte und mit Pjotrs Spitzeninformatikern könnte er viel erreichen. Er könnte seine Theorie weiterentwickeln und Bots bauen. Sie würden durchs Internet navigieren, ihr Ziel finden, Computer angreifen und zerstören. Diesen Bots die hohe Intelligenz einzubauen, die sie brauchen würden – darin bestand die große Verlockung des Angebots.

Würde Bills Angebot besser sein? Geld schien kein Problem zu sein. Und zweifellos hatte Bill ein goldenes Gespür für Talent, wer zur Spitze der Zunft gehörte. Auch Bills Aufgabe lockte. Zwar würde er Leute wie Pjotr und dessen Freunde des Terrors jagen müssen, doch auch dabei würden Bots zum Einsatz kommen. Und auch sie würden seine Theorie voranbringen. Die Frage aber war – würde Bill seinen Ansatz verstehen und stützen? Und würden die neuen Kollegen mitziehen? Schließlich antwortete Eugen.

„Ob ich dabei bin, Bill, hängt ganz von unserer Idee ab, davon, wie wir die Sache anpacken. Und ich denke, wir haben eine Chance, die Sache gut zu machen."

Nun beendeten sie den schönen Tag im kleinen Restaurant am See und wurden sich einig.

„Bill, dann machen wir es so: Ich fliege in die Staaten und treffe meine Kollegen. Wir arbeiten unsere Idee aus und dann entscheide ich, ob ich dabei bin oder nicht. Ok?"

„Ok."

13

Stilvolles Gedränge herrschte im Grünen Saal zu St. Petersburg beim Empfang der russischen Außenhandelskammer, einem Überbleibsel des einst so mächtigen Sowjetministeriums für Tourismus und Außenhandel. Dessen Aufgaben und Pläne waren mit der Perestroika Makulatur geworden, doch die Pflege alter Kontakte blieb für die russische Wirtschaft so wichtig wie das Salz der Erde. Sie lag nun in Aleksanders Händen.

Aleksander hatte gerufen und viele waren seinem Ruf gefolgt. Die Gesellschaft war prächtig anzusehen, die Damen präsentierten sich in großer Robe, manche in atemberaubender afrikanischer Tracht. Pjotr amüsierte sich, zumal viele der Herren es bevorzugten, mit jungen Damen zu erscheinen, denn hier zählte der Schein, der große Auftritt. Aleksander selbst hatte sich zum First Councilor ernannt, einem Vortragenden Legationsrat Erster Klasse, und trug Frack. Seine Brust war übersäht mit den Orden seiner südamerikanischen und afrikanischen Freunde.

Der grüne Saal, ein Kleinod aus der Zarenzeit, wird auch Saal des Merkurs genannt, dank eines Deckenfreskos, das den Götterboten und Gott der Händler und der Diebe zeigt. Alexsander hatte ihn erstrahlten lassen wie ein Logo seines Wirkens, was manche glauben ließ, er habe Merkur zu seinem Paten erkoren.

Aleksander stellte Pjotr einem Libanesen vor.

„Alam, ich freue mich, dass Sie den weiten Weg auf sich genommen haben. Seien Sie willkommen, mein Freund. Dies hier ist Pjotr, ein Spezialist, der Ihr Interesse finden wird. Ich hoffe, Sie unterhalten sich gut."

Es war der Kontakt, auf den Pjotr lange gewartet hatte, der Schlüssel zur Terrorszene des Nahen Ostens. Aleksander erfreute sich außergewöhnlicher Beziehungen. Es handelte sich nicht um jene Art von Kontakten, die rasch zustande kommen bei Handelsprojekten oder Regierungstreffen. Seine Kontakte gingen zurück auf die Zeiten des Kalten Kriegs, als die Sowjets mit Indien, Mozambique, Angola oder Kuba Weltpolitik machten und dafür Militär, Technik, Geheimdienste und viel, viel Geld einsetzten. Einige der illustren Gäste im Grünen Saal hatten an Moskaus Lomonossow Universität studiert, andere in Kiew. Seither kannte man sich gut – das Netz der Old-Boys war immer noch intakt.

Aleksander besaß außergewöhnliches Gespür für Chancen, Absichten und Zwischenmenschliches – vergleichbar den großen Kurtisanen des Barock. So führte Aleksander souverän Regie, bis es nach Monaten der Vorbereitung zum Treffen von Alam und Pjotr kam. Die unterhielten sich angeregt bei Champagner und Kaviar und tauschten Geschäftskarten aus.

Pjotr entstieg beschwingt seiner Nobelkarosse und fuhr zum Loft seiner Firma hinauf. Alam hatte sich als Mann seines Geschmacks erwiesen, elegant, smart und skrupellos, ein Mann des Orients mit besten Verbindungen und französischer Erziehung.

Drei Frauen waren noch zu später Stunde in dem seltsamen Kosmos, den Pjotr betrat. Nichts erinnerte in dem großen Raum daran, dass hier einst Webstühle lärmten. Eine Glaswand, teilweise verdeckt mit Jalousien, erlaubte den Blick in die hinteren Räume voller Computer. Hier war das Testfeld für Pjotrs Innovationen, der Übungsplatz für neue Cyberwaffen.

Der Raum davor – eine Mischung aus Büro, Museum und Asservatenkammer – war Pjotrs Kreation und Psychogramm zugleich. Ein Ring schwerer Couchen und Sessel umgab eine große, antike, chinesische Vase. Edle Teppiche bedeckten den Boden. An den Wänden hingen Bilder des Barock. Davor reihten sich dicht an dicht Truhen der Renaissance, Kommoden des Rokoko und Biedermeier, Sideboards im Jugendstil. Auf dieser ringförmigen Plattform stand Wertvolles, Antikes & Exotisches: Leuchter und Vasen, Figurinen und Skulpturen, Wasserpfeifen, Elfenbeinschnitzereien, Schatullen mit orientalischen Intarsien, Meissner Porzellan und Augsburger Goldschmiedearbeit. Der Raum verkündete: *Schau diesen Luxus, sieh den Erfolg des großen Mannes.*"

Pjotr wandte sich den Frauen zu.

„Es war ein gelungener Abend im Grünen Saal. Wir werden uns aus dem Bankengeschäft verabschieden. Ihr hattet Recht, meine Täubchen, das große Geschäft mit dem Terror winkt."

Er griff zum Cognac und füllte die Gläser. Sie setzten sich um die chinesische Vase, tranken, reden und lachten. Eugen versuchte einen Korken in die Vase zu werfen, traf daneben und vermehrte den Unrat am Boden.

14

Von seinen Reisen zurückgekehrt, traf sich Bill mit Chuck. Der hatte ihn ins Crackerbarrel bestellt, ein einfaches Restaurant, das auf halbem Weg zwischen beiden lag und Abteile besaß, in denen Gäste unter sich bleiben konnten. Chucks Mimik verriet Anspannung, seine Gesten Ungeduld, ebenso wie seine Ansage:

„Hallo, Headhunter, ist die Jagdsaison vorbei? Ich hoffe, du hast gute Nachrichten. Terry Hancock will meinen Bericht schon in einem Monat."

Bill hatte Neuigkeiten. Die Umrisse eines technischen Ansatzes hatten sich abgezeichnet, dank der Ideen von Eugen und Jean, doch viel lag noch im Dunkel. Wichtige Technologien waren genannt worden: Internettechnik, Sicherheitstechnik, künstliche Intelligenz, ferner Techniken wie Intrusion, denen sich die Hackerszene widmete und – das war ein Novum – das Feld der Computergenetik. Bills Ergebnis glich einem Puzzle mit Lücken, das ein Bild erahnen ließ.

Bill hatte sich Schritt für Schritt vorangetastet. Bei Rachel war er zunächst auf Unverständnis gestoßen, doch dann auf Resonanz, als sie verstand: Bill war auf einen Mechanismus aus, der das Internet auf nie dagewesene Art kontrollieren sollte. Da durfte sie nicht fehlen, schließlich leitete sie ein berühmtes Forschungsinstitut für Computernetze.

Vijay, der jüngst einen internationalen Preis für Computational Genetics gewonnen hatte, fühlte sich zunächst überrumpelt, denn Bills Ansinnen blieb vage und schien abseits seiner Interessen zu liegen. Doch Bill gab nicht auf, blieb hartnäckig charmant, besorgte sich von

Eugen immer bessere Argumente und versprach Vijay den Forscherhimmel auf Erden.

„Eugen, Rachel, Vijay, das ist die Galerie der Stars. So könnte das Kernteam aussehen."

Bill zeigte Fotos und Chuck studierte die Portraits intensiv.

„Ich kenne Rachel. Sie sitzt in verschiedenen Sicherheitsgremien und berät die NSA. Was weißt du über den Russen und den Inder?"

Bill gab Charakteranalysen der drei Persönlichkeiten, nannte potentielle Unverträglichkeiten und den Umstand, dass Eugen seine Mitarbeit von einer Bedingung abhängig gemacht hatte. Chuck nickte – er hatte nichts anderes erwartet. Und er sah die Risiken. Es würde also eines von den Projekten werden, die im Chaos enden konnten.

„Lass uns darüber reden, was passieren kann. Was technisch in die Hose gehen kann, darüber reden wir später. Die politischen Gefahren interessieren mich, denn Terry wird mich grillen."

Chuck war ein gebranntes Kind, das nun ein wenig aus dem Nähkästchen plauderte. Da war jene geheime Rakete aus einem Satellitenprogramm, die nicht im Pazifik niederging, sondern in Nevada einschlug, gewissermaßen im eigenen Hinterhof. Schnell hatte die Pressemeute Blut geleckt. Wer hatte die unbekannte Rakete, gebaut, wer sie abgeschossen? Wozu wurde sie gebaut? Warum tauchte sie in keinem Budget auf und warum auf keinem Radar der Flugsicherung? Wurde vertuscht, wurden demokratische Instanzen ausgetrickst? Was wusste der Präsident?

Die Sache war übel und Chuck mittendrin. Um die CIA zu schützen, vertuschte er nach allen Regeln der

Kunst, warf Nebelkerzen, legte falsche Fährten, verzögerte, verführte, bedrohte und bestach.

„So ein Mist kann immer passieren, auch bei uns. Was wäre, wenn Eugen fände, dass unsere Idee nichts taugt? Wenn er aussteigt? Dann haben wir es mit einem Russen zu tun, der Geheimes weiß und treibt was er will. Bill, wir müssen aufpassen."

„Gut, ich habe verstanden. Ich will dieses Team formen. Wir werden uns auf einer Ranch in Arizona zusammenraufen. Ich schwöre auf diesen magischen Ort. Chuck, Eugen wird bald kommen."

„Keine Sorge, sein Pass und seine neue Identität sind rechtzeitig fertig. "

Eugen war bereits auf dem Weg in die USA. Jean chauffierte ihn ein letztes Mal. Bald würden sich ihre Wege trennen in der Halle des Flughafens von Lyon.

Nun war es an Eugen, Jean für vieles zu danken. Eugen war gerne nach Frankreich gekommen, schließlich hatten Russen schon immer ein Faible für dieses Land – die Künstler zog es in die Salons von Paris und den Adel in die Luxushotels an der Cote d'Azure. Jean hatte ein besonderes Gespür bewiesen für seine Lage und seine russische Seele, hatte ihm ein Zuhause gegeben und eine Familie. Sophie, Jeans kleine Tochter, mochte Onkel Eugen. Anna hatte wunderbar für ihn gekocht, *oh là là*. Sogar die Nachbarn, Marie Therese und Henri kamen herüber, brachten ihren Käse und wollten Tschaikowsky hören.

"Jean, ich habe heute Nacht deine Maschine gehackt. Das ist alles was ich für dich tun konnte.

Gewiss, die Meldung, die französische Hochburg der Sicherheit sei geschleift, wird um die Welt gehen.

Und die Presse wird dich foltern. Doch sei unbesorgt, mein lieber Freund, du wirst berühmt werden. Du wirst der Erste sein, der meine neue Methode entdeckt, versteht und eine neue Gefahr für Netze publiziert. Meine kleine Missetat wird deiner Karriere also nicht schaden. *Vive la France.* "

Jean hörte mit ungläubigem Staunen zu.

„C'est impossible ... incroyable! Ich raff's nicht, du alter Gauner."

Eugen nahm eine Holzpuppe aus dem Koffer und hielt sie hoch.

"Schau her, das ist meine Matrioschka. Sie ist so alt wie ich. Fünf Puppen stecken ineinander. Meine Mutter hat sie alle bemalt. Ich hoffe, sie gefallen Sophie. Und nun, leb wohl."

Eugen drückte Jean die Puppe in die Hand und verschwand im Gedränge.

15

Bill hat in Arizona einen besonderen Ort gewählt. Vor vielen Jahren hatte er ein Team dorthin zusammengerufen, als er vor einer Aufgabe stand, an der sein Vorgänger gescheitert war. Es ging um den Bau einer Satellitenkamera, also um hi-tech Spionage mittels Bildern aus dem Weltall, mit denen man Menschen auf der Erde identifizieren konnte. Bill war sich sicher, diese Technologie lag im Bereich des Möglichen für ein außergewöhnliches Team.

Zweifellos hatte auch sein Vorgänger außergewöhnliche Könner gewonnen. Und dennoch war kein Spitzenteam entstanden. Nichts hatte die kolossalen E-gos dieser Stars zusammengeschweißt, nichts die

Leistung zum Äußersten getrieben wie es nur im Team gelingen kann. Die Leute hatten offen darüber geredet, nachdem sie gescheitert waren und ihre Wunden leckten.

Hier, auf dieser Ranch hatte Bill eine neue Mannschaft versammelt und herausgefordert. Seine Idee war alle dorthin zu bringen, wo keiner zuhause war, Dinge zu tun, die noch keiner von ihnen getan hatte und Schwierigkeiten gemeinsam zu meistern.

Nachts brachen sie zu Pferd auf, ritten auf einen Berg, sahen die Sonne über der Wüste aufgehen und kehrten bei sengender Hitze erschöpft zurück. Alle zauderten, alle litten und alle waren im Sattel gleich.

Sie waren häufig zu Pferd unterwegs, campierten oben am Stausee und fühlten sich wie die ersten Siedler auf dem Weg nach Westen ins gelobte Land.

Bei einem ihrer Ausritte geschah es: sie verloren die Orientierung. Sie rasteten im kümmerlichen Schatten eines Felsens und erkannten die Gefahren. Ängste wurden laut und Zweifel. Sollten sie bleiben oder aufbrechen, sich trennen oder beisammen bleiben? Vieles wurde leidenschaftlich vorgebracht, denn es gab keinen Führer und keinen sicheren Weg. Endlich beruhigten sie sich und der Vorschlag einer Assistentin wurde gehört.

„Leute, lasst die Zügel locker. Vertraut den Pferden. Sie kennen den Weg zurück."

Eugen spielte mit dem Hund auf der Veranda und dachte an diesen Tag, als sein Team geboren wurde. Nun sollte ein neues Team entstehen, denn auch Eugen, Rachel und Vijay würden nur als Mannschaft siegen. Jetzt waren sie unterwegs vom Apache Airport zur Ranch.

Niemand lebte hier außer dem mexikanischen Paar, das die Gäste versorgte, ein paar Pferden und dem Hund. Eine Piste führte zu dieser Ranch, auf der es einmal Wasser gegeben hatte, Vieh und Dienstboten. Nachdem das Wasser ausblieb, schrumpfte die Ranch zum Rückzugsort für jene, die das einfache Leben suchten fern des der Massen und des Lärms. Bill gewahrte Staub über der Piste, ein Pickup nahte.

16

Locker gekleidet trafen sich Bill, Eugen, Rachel und Vijay zum Abendbrot am großen Tisch vor dem Kamin. Vier Generationen lang hatten Rancher um diesen Tisch gesessen, hatten die Gewehre über der Tür genommen, bevor sie ins wilde Land ritten. Hier sollte das kleine Team aufbrechen in unbekanntes Gebiet bis an die Grenzen der Technik.

Bill brachte ein Glas zum Klingen, erhob sich und sagte: „Meine Freunde, ihr seid die Kandidaten meiner Wahl, wie ich sie im Innersten erhofft habe. Seid willkommen. Spürt die Kraft dieses Orts der Pioniere und findet euch zusammen."

Dann saßen sie um die kalte Feuerstelle: Eugen, Rachel, die Professorin für Computernetze am Massachusetts Institute of Technology an der Ostküste der USA, und Vijay der junge Professor für Computergenetik an der Stanford University in Kalifornien – ein Russe also, eine Amerikanerin und ein Inder. Bill hatte ihnen einen Ausflug zu Pferd empfohlen. Nun flachsten sie über ihre Reitkünste. „Rachel hat schon als Kind ihr Steckenpferd zugeritten." – „Vijay hat das Reiten auf Elefanten gelernt." – „Die Russen, das Steppenvolk, kommen im Sattel zur Welt." Sie unterhielten sich bis der Tag zu Ende ging.

Lange vor dem Morgengrauen brach Bill von der Ranch auf. Er ritt in der Kühle der Nacht, geführt von den Sternen, wie er es früher getan hatte. Auf einem Hügel saß er ab, ruhte an einen Stein gelehnt und schaute in die Wüste, über der bald die Sonne aufgehen würde. Er spürte wieder das Gefühl, das ihn als Kind prägte: einsam und frei zu sein, damals, auf der Ranch seiner Eltern.

Rund um den Hügel gab es nichts Spektakuläres, weder die Umrisse der Berge am fernen Horizont, noch die wenigen windgeformten Felsen im roten Sand der Ebene. Allein die Weite des unberührten Landes brachte Bill hierher. Sie gab ihm Kraft für ein Projekt, dessen Ziel ihn umtrieb und dessen Herausforderungen ihn quälten. Schließlich murmelte er *Gott segne Amerika* und ritt zurück.

Das Team war seit Stunden dabei sich abzutasten auf Fähigkeiten und Führungskraft. Würden sie den Gefahren begegnen können, die sie tausendfach erfahren hatten und dennoch nicht exakt benennen konnten? Wie, wenn all die schlauen Chaoten im Chaos Communication Camp sich verbünden würden gegen die, die das Internet dominierten und damit reich wurden? Eugen erinnerte sich an den Slogan und den Gruß im Camp: *gebt das Netz dem kleinen Mann*. Wie, wenn ein Terrorstaat das Internet unter seine Kontrolle brächte? Wie könnte das passieren und wie könnte man dem beikommen?

Eine Idee kreierte die nächste und wurde verworfen. Rachel, Vijay und Eugen arbeiten auf Hochtouren. Die große weiße Tafel wurde gefüllt mit Diagrammen und Formeln, die zeigten, dass sie sich mit Logik, Algorithmen, Algebra, Genetik und anderen Facetten der Wissenschaft befassten.

Rasch war Eugen zum intellektuellen Führer der Gruppe geworden. Sie arbeiteten wie auf dem Camp bei Berlin – ungezwungen und mit ganzer Kraft. Wenn Eugen eine Idee gefiel, lobte er sie als *bolschoi* – großartig. Es wurde zum geflügelten Wort, als sie begannen, sich zusammenzufinden.

17

Manche Menschen haben die rare Fähigkeit, Zahlen und Symbole zu spüren. Für manche haben Zahlen Farbe, für Eugen hatten Symbole Klang.

Eines Tages, lange nach Mitternacht, saß Eugen allein vor einer leeren Tafel und hörte in sich hinein. Dann schrieb er feierlich eine lange Zeile mathematischer und logischer Symbole auf. Eugen, der wenig Wert auf sein Aussehen legte, schätzte Kalligrafie über alles – die formvollendete Darstellung von Symbolen und das schöne Aussehen seiner Formeln.

Unter die Formel schrieb er die Noten einer Fuge von Bach und summte währenddessen ihre Melodie. Dann trat er zurück und prüfte seine Partitur aus Symbolen und Noten. Anscheinend verglich er die Harmonien der Musik und der Theorie. Er schien zufrieden, säuberte die Tafel und ging zu Bett.

Am nächsten Morgen besprachen sie nochmals den Aufbau, die Funktionen und Schnittstellen dessen, was sie bauen wollen. Ihr Ziel hatte Gestalt angenommen. Nun konnten sie sich der Projektplanung zuwenden und damit einer Fülle von Details. Welche Entwicklungspartner würden sie einbeziehen? Welche Arbeiten könnten parallel laufen und wo sollten die Meilensteine liegen? Wie sollte die anspruchsvolle Testumgebung aufgebaut werden und wie die Integration der vielen hundert Module zu einem System erfolgen? Und wie würden sie ihre eigenen Rollen definieren und sich abstimmen? Sie würden viel Vorsicht walten lassen, denn schließlich machten sich Studenten einen Spaß daraus, Computer, Telefon und Email ihrer Professoren zu hacken.

Endlich lag die ganze Aufgabe vor Eugen. Ihre Größe erfüllte ihn mit Ehrfurcht und ihr intellektueller Reiz mit Ungeduld. Dank der gewaltigen Ressourcen, die Bill zugesichert hatte, fühlte er sich stark und privilegiert. Pjotr hätte nichts Vergleichbares bieten können. Jetzt würde er seinem Lebensziel näherkommen, vielleicht sogar beweisen können, dass seine große Theorie funktioniert.

18

Die Arbeit des letzten Tages war beendet, das Team genoss den lauen Abend auf der Veranda und Vijays Gitarre erklang. Er spielte und sang *Good Vibrations*, den Song der Beach Boys, der zur Stimmung passte. Bei *Wouldn't It Be Nice* fiel Rachel ein und sang die zweite Stimme. Vijay lobte Rachels wunderbare Stimme mit einem *bolschoi* und alle griffen lachend zum Glas.

Bill: „Ok, ihr habt das Million-Dollar-Problem wohl geschafft. Nun lasst mich hören, was es ist."

Vijay: "Eine Armada von Bots wird jeden Winkel des Internets durchkämmen. Es werden ziemlich intelligente kleine Biester sein."

Rachel: „…Big Brother wirft sein Auge auf die Terroristen…"

Eugen: „Eine radikal neue Idee: Bots spionieren und lernen, vermehren sich und passen sich an…"

Vijay: „… und das geht rasend schnell, exponentiell."

Bill: „Ihr habt ja hoch aufgeladen, meine Freunde. Aber, werden wir damit auch unser Spiel gewinnen?"

Bill ahnte, dass er mit dieser Bemerkung ins Schwarze treffen würde. Beim Frühstück hatte er gelernt, dass das Team die halbe Nacht über seine Risiken gesprochen und gestritten hatte. Nur Eugens Persönlichkeit, seinem Willen und seiner Überredungskunst war es zu verdanken, dass sie wieder sangen. Es war ihm gelungen, die Bot-Idee zu verkaufen, Rachel und Vijay einzureden, dass sie auserwählt und gesegnet seien und den Kick ihres Lebens haben würden.

Im Nu war die beschwingte Atmosphäre verflogen. Sie wussten, dass sie die Grenzen des heute Machbaren an dutzenden Stellen überschreiten und Neuland betreten mussten. Sie hatten das Risiko zu scheitern geahnt und verdrängt – mitgerissen von Eugens Vision. Dabei könnte das Scheitern nur einer Komponente das Scheitern des Ganzen bewirken, denn alles hing mit allem zusammen.

Eugen: „Wir haben keine Wahl, Bill, es geht um alles oder nichts. Biegen oder Brechen. Und wir werden gewinnen."

Rachel schüttelte den Kopf und ballte die Fäuste.

„Mein Gott, Eugen, du pokerst zu hoch, du verlangst das Unmögliche".

Sie war höchst beunruhigt.

„Wir brauchen eine praktische Lösung, simpel und sicher, und wir brauchen sie jetzt – sofort."

Bill aber wollte nichts überstürzen, denn er hatte wohl verstanden: konventionelle Ideen helfen ihm nicht weiter. Das hatte selbst Pjotr erkannt.

Rachel: „Hast du denn nicht gehört, sie haben das Französische Institut für Netzsicherheit gehackt. Da sitzen die Besten. Dieser Gral der Sicherheit ist besser bewacht als Fort Knox es je war."

Bill: „Doch, ich hab' von dem Drama gehört."

Rachel: „Drama? Es ist der Untergang! Ein 9/11. Da draußen ist ein neuer Herr der Ringe, ein Dunkler Meister des Internets. Bill, wir brauchen die Bots jetzt, auf der Stelle. Wisst ihr überhaupt, was sich in Palästina abspielt?"

Bill: „Gut Ding will Weile haben, Rachel, und vergiss nicht, die intellektuelle Elite der Welt wird für uns arbeiten. Ihr könnt schnell vorankommen. Die Mittel dafür stehen bereit."

Bill hatte sich erhoben und sah Vijay, Rachel und Eugen der Reihe nach an. Er wollte wissen, wo das Team stand. Fühlte es sich als Himmelfahrtskommando oder war es bereits zerbrochen? Er wandte sich an Eugen.

„Erinnerst du dich an die Krypta im Kloster von Saint Antoine? Da hast du gesagt: *jedes große Team wird von einer großen Idee geformt.* Nun, du magst diese Idee haben, aber ihr müsst alle daran glauben."

19

Eugen spürte, dass Rachel und Vijay den Ernst der Situation noch nicht begriffen hatten. Deshalb konfrontierte er sie.

„Wir haben keine Wahl. Entweder wir brillieren mit unserer Arbeit oder schaffen das Chaos. Fehlerhafte, kranke, boshafte Bots, das wären intelligente Monster in freier Wildbahn – das wäre mein schlimmster Alptraum."

Rachel: "Warum nur willst du alles auf einmal. Lass uns eine bescheidenere Version bauen und dafür schnell."

Eugen fluchte auf Russisch und konterte.

"Krüppel werden uns nicht helfen, das weißt du doch."

Rachel: "Du verdammter Zocker setzt immer auf den Jackpot. Du willst nur Eines, die perfekte Kreatur. Du spielst Gott. Es ist eine Sünde."

Nachdem das Team seine Sorgen geäußert hatte, saß es wie versteinert da und schwieg. Rachel schloss die Augen und Eugen starrte zu Boden. Selbst der Hund lag reglos in der Stille. Endlich stand Rachel auf, blickte auf Eugen und hielt inne. Ihr Verstand folgte seinem Argument während ihr Herz revoltierte. In dieser Zwickmühle begann sie mit sanfter Stimme ein Gebet zu singen, den Psalm *der Herr ist mein Hirte*.

"Gott segne uns."

Rachel hatte den richtigen Ton gefunden – das Team entspannte sich. Sie sahen sich an und wussten: trotz aller Zweifel hatte keiner das Vertrauen verloren. Schließlich legte Vijay die Arme um die Schultern von Eugen und Rachel. Dann formten alle einen Ring und jubelten, als Bill den Schlachtruf seines Footballteams brüllte.

„Gig 'em Aggies."

Es war der Auftakt zu einem großen Experiment.

20

Chuck wartete auf das Team in seinem eleganten Büro. Durch die große Fensterfront überblickte er die Hauptstadt – ein großartiger Blick selbst bei dem Regen, der gerade fiel. Nur die amerikanische Flagge schmückte den bilderlosen, streng möblierten Raum, der dem Besucher sagte *hier residiert ein nüchterner Mensch, der Karriere macht.*

Nun trat das Team ein und Chuck begrüßte es.

„Hi Bill, hi Rachel, schön Euch zu sehen ... und Sie müssen Eugen sein ... und Vijay? Seid willkommen."

Sie schüttelten die Hände, nahmen um einen Tisch Platz. Chuck kam sofort zur Sache.

„Von nun an seid ihr unter Vertrag. Ihr werdet von mir alles bekommen was ihr braucht, Geld und politischen Schutz. Ihr könnt mich jederzeit erreichen – bei Tag und Nacht."

Er wandte sich an Eugen:

„Hier ist das Nötigste – Kreditkarten, Handys, Zugangsausweis, Pass und Führerschein. Und hier sind unsere Regeln erklärt – lest sie genau und vernichtet sie dann. Noch Fragen? Will jemand Kaffee?"

Nach diesem kühlen Auftakt nahmen sie Erfrischungen und setzten sich vor eine Leinwand, auf der ein Beamer den Titel *The Jennifer Project* zeigte, darunter die Konstruktionszeichnung eines riesigen Schiffs.

Chuck: „Diesen Film, eine Hollywood-Produktion, werden wir uns ansehen. Dabei lernt ihr die Grundlagen des Tarnens und Täuschens. Wir werden sie brauchen."

1968 sank das erste der revolutionär neuen, nuklearen Unterseeboote der Sowjets durch einen Unfall. Moskau wusste weder, was passiert war, noch wo das Boot lag. Es war verschollen und blieb ein riesiger Verlust.

Sein geräuschloser Antrieb und seine Interkontinentalraketen sollten das damalige Patt strategischer Waffen zugunsten der Sowjets verändern. Ein für alle Male.

Die USA hatten das Boot gesucht und schließlich bei Hawaii gefunden. Ein Ungetüm – größer und moderner als die eigenen Boote – lag da in 3000 m Tiefe. Es war ein Schatz, der unbedingt zu heben war in jenen Zeiten des Kalten Krieges, als Vietnam brannte. Es bot die einzigartige Chance, die Russen zu überholen.

Hunderte Experten haben sich daraufhin an die Arbeit gemacht, ein Schiff ungeahnter Größe zu bauen, das dieses monströse U-Boot bergen und an Land bringen konnte. Kein Schiff, das je zu Wasser fuhr, konnte ein U-Boot dieser Größe in sich aufnehmen – schon gar nicht in der Tiefsee.

Eine große Firma und hunderte von kleinen Firmen haben schließlich in aller Öffentlichkeit das Boot gebaut, das zu einer einzigartigen Mission ausgelaufen ist.

Chuck: „Wie konnte das geschehen, ohne die Weltöffentlichkeit zu alarmieren oder den sowjetischen Geheimdienst anzulocken? Das zeigt euch der Film."

Nun sahen sie den Film, der nicht mit einem Happyend schloss. Beim Versuch, das U-Boot zu bergen, zerbrach es in der Mitte. Und einer der Mitarbeiter verriet das Projekt an die Russen.

Chuck: "Es ist Euch also klar: ein schwerreicher Industrieller, ein verrückter Typ, dessen Faible für Frauen, Abenteuer und Marotten ihm die Aura des Geheimnisvollen gab, hat das Schiff gebaut. Und alle Welt wusste von seinem neuesten Spleen: Mangan vom Boden der Tiefsee zu holen und damit ein paar Milliarden zu verdienen.

Doch hinter dieser Fassade operierte ein kleines Team des Geheimdiensts, das die Bergung betrieb und dieses Geheimnis für sich behielt."

Eugen begann zu begreifen, warum Bill nie über Chuck gesprochen hatte: über Chuck sprach man nicht, schon gar nicht zu Indern und Russen. *I. A. RESEARCH CORP* war am Eingang des Gebäudes zu lesen, in dem sie nun zusammensaßen. Stand *I. A.* für International Affairs? Es würde zur Aufgabe des Teams passen. Offensichtlich aber war, dass sich Chuck und Bill gut kannten.

Bill hatte eines Abends am Kamin von einem Spionagesatellit erzählt, den er gebaut hatte. Das Projekt lag so lange zurück, dass die einst geheime Information darüber freigegeben war – wie beim Jennifer Project auch. Hatte der Satellit vielleicht mit International Affairs zu tun? Chucks Auftreten jedenfalls ließ keinen Zweifel daran: er war der Initiator des Bot-Projekts und sein starker Mann.

Chuck: „Meine Freunde, Ihr werdet unter einem weit weniger spektakulären Vorwand starten. Euer Projekt heist *Cognomorphic Analysis of Internet Security Hazards (CAI)*. Ich hoffe, dieser beliebige Titel lässt Euch beliebigen Freiraum. Es ist nur natürlich, dass die Sache offiziell in Rachels Institut für Internet-Technologie eingebunden ist – als ein Projekt unter Dutzenden.

Doch seid euch im Klaren: die Wenigen, die das wahre Ziel des Projekts kennen, sitzen an diesem Tisch. Und mehr noch, es gibt nur drei Personen, die wissen, wie die vielen Komponenten eures Systems zusammenwirken, die seine Architektur kennen. Es gibt also nur drei Schlüssel zum Projekt, eure Gehirne."

Bill und Chuck sahen Eugen, Rachel und Vijay an. Die schienen die Regeln des Spiels verstanden zu haben wie auch ihre Privilegien. Sie hatten alle Mittel, die sich Forscher und Entwickler nur wünschen können, dazu Bill, der alle praktischen Probleme lösen und Chuck, der sie schützen würde. Chuck erhob sich zufrieden.

„Dann sind wir uns einig. Das ist gut und es genügt für heute. Machen wir uns also an die Arbeit. Meine Freunde, findet den Terror, jagt und zerstört ihn."

21

„Elender Mist. Verdammt, verdammt. So können wir's nicht laufen lassen. Ich hab's dir doch gesagt."

Ludmilla schrie. Sie war erschöpft. Stunden hatte sie damit verbracht, eine Anlage zu knacken. Pjotr griff zur Flasche, stellte Gläser neben ihre Workstation und setzte sich zu ihr.

„Geht's nicht?"

„Natürlich geht es. Es geht immer. Aber nicht schnell genug. Hörst du? Intrusion muss schneller werden. Große Aufträge werden sonst platzen. Hast du verstanden?"

Pjotr hatte verstanden. Ludmilla, sein bestes Pferd im Stall, hatte ihm ja schon oft gesagt, dass sich da ein Riesenproblem auftat. Moderne Hacker konnten sich auf moderne Anlagen konzentrieren und auf die gängigste Software. Ludmilla aber musste an alle Anlagen ran. Bei den Behörden, vor allem im Osten, waren die reinsten Ladenhüter zu finden. Bei Stadtwerken, Meldeämtern, Bauämtern, etc. gab es oft weder das Geld noch den Mut, um in die Jahre gekommene Software-Fossilien aus der Cobol- und Fortran-Zeit zu modernisieren. Also wurden Software-Krücken gebaut und Hardware konserviert. Es gab immer Leute, die sich mit den alten

Mühlen auskannten, den Behörden aus jeder Patche haften und sich dafür sehr gut bezahlen ließen. Für dieses Durchwursteln hatte jede Behörde ein Budget.

Auch in solche Anlagen konnte Ludmilla einbrechen, sofern sie irgendeine Verbindung zu irgendeinem Netz katten. Darin hatte sie Übung seit ihrer Zeit beim Auslandsgeheimdienst. Sie hatte im Rang einen Attachés an der Botschaft in London gearbeitet. Es war eine fruchtbare Zeit. Doch nun graute ihr vor der Zukunft. Sie würde in dutzende Anlagen beliebiger Art gleichzeitig einbrechen müssen. Zwar würde sie darin nicht nach versteckten Daten suchen müssen. Das tröstete. Auch würde sie sich nicht mit exotischen Sprachen herumschlagen müssen, mit Chinesisch etwa, Uigurisch oder den 300 indischen Dialekten. Auch das erleichterte die Sache. Ihre Auftraggeber würden nur fordern, bestimmte Ziele lahmzulegen.

Wenn es um Computer ging, dann war Sabotage einfacher als Spionage, das war ihr lange klar. Beim Geheimdienst hatte sie die Nachhaltigkeit von Sabotagemaßnahmen simuliert. Ein einzelner Computer war leicht auszuschalten, dazu reichte aus, bestimmte Teile des Betriebssystems zu zerstören. Diese kleine Kunst beherrschten heute Schüler. Doch sofern sie nicht von einer Bombe getroffen wurden, konnten wichtige Computer schnell wieder hergestellt werden. Viele vernetzte Computer konnten dagegen für lange Zeit lahmgelegt werden, wenn man es richtig machte und ihren Nerv und den des Netzes traf. Wenn ein Kunde wünschte, dass ein Netz eine Woche lang am Boden blieb, würde Ludmilla ruhig schlafen können. Da gab es Schwierigeres.

Was ihr den Schlaf raubte war das Tempospiel, das sie würde spielen müssen. Von Beginn an würde sie im

Zugzwang sein, das lag in der Natur der Sache. Sabotageakte mussten meist zu einem besonders günstigen Zeitpunkt erfolgen, und dann schlagartig. Bei Verzögerung stieg das Risiko enorm.

Ihr Tempo und das ihrer Kollegirnnen aber blieb begrenzt. Auch das lag in der Natur der Sache und die hatte einen Namen: *kombinatorische Explosicn*. Es gab einfach zu viele Computermodelle, in viel zu vielen Varianten und Ausbauformen, mit zu vielen verschiedenen Betriebssystemen und all ihren vielen Versionen und Konfigurationen, dazu eine Fülle verschiedener Schutzmechanismen und Netzverbindungen. Die Vielfalt ihrer Ziele war atemberaubend.

Heute hatte Ludmilla Stunden aufgewendet, um einen Fall zu lösen, der 30 Minuten hätte dauern dürfen. Wie konnte sie ihre Leistung verbessern? Sie hatte ihre Hoffnung auf Eugen gesetzt. Doch der war nicht erschienen. Sie hatte bei den Hackerorganisationen in Holland, Deutschland und USA spioniert, wo Intrusion und Penetration von Computern seit eh und je ein heißes Thema war. Sie war aber im Netz auf nichts Verwertbares gestoßen. Die Hacker waren offensichtlich ein scheues Volk.

„Pjotr, du musst etwas tun. Wir brauchen Eugen. Rasch."

„Er ist wie vom Erdboden verschluckt. Alle seine Maschinen sind weg. Wir waren in seiner Wohnung und haben die Nachbarschaft abgeklappert, Kneipen und Geschäfte. Kein Hinweis, nichts."

Pjotr schenkte Cognac ein und trank Ludmilla zu.

„Ich kann mir nicht vorstellen, dass jemand von Eugens Kaliber lange inkognito bleiben kann. Ich wette, sein Genie wird ihn verraten. Und dann schnappe ich ihn."

„Wenn ihn aber unsere *lieben Freunde* in Kiew geschnappt haben?"

„Dann kommt es zum Krieg."

Ludmilla schüttelte den Kopf und nahm Pjotr in den Arm.

„Ach, Unsinn. Komm jetzt mit mir."

22

Das Projekt CAI lief im Nu auf vollen Touren. Rachel hatte ihr Institut mit harter Hand auf den neuen Kurs gezwungen. Vijay hatte sein Team in Stanford mit Versprechungen geködert. Alle glaubten an eine Chance zur Spitzenforschung, die sich in einem Forscherleben selten auftat. Eugen dagegen war in vielen Ländern unterwegs. Er besuchte Institute, testete sie, warb um Kooperation und schloss Verträge.

Auftragsforschung und -entwicklung wurde an vielen Orten betrieben, vor allem dort, wo die Auftrag gebende Industrie saß. Unter diesen F&E-Firmen herrschte harter Wettbewerb, man kannte sich und wusste, wo Spitzenleistungen zu holen waren.

Eugen konnte selten Software von der Stange kaufen. Deshalb suchte er nach Instituten mit Erfahrung und einem Fundus an Software, die für seine Zwecke zugeschnitten werden konnte. Spezielle Aufträge gingen an Firmen, die für das Militär arbeiteten und deren Zuverlässigkeit geprüft war. Er vergab Aufträge in kleinen Portionen und mit Spezifikationen, die wenig über die Verwendung sagten. Er legte Wert darauf, dass kein Auftragnehmer vom anderen wusste. Und niemand sollte seinen Reiseplan kennen. Niemand sollte also vom Teil auf das Ganze schließen können. Die Architektur des Ganzen, das Zusammenspiel der Komponenten existierte nur in seinem Kopf. Die NSA würde keine Chance haben, ihm auf die Schliche zu kommen.

Nun war Eugen nach Grenoble zurückgekehrt, traf Jean in seinem Institut und erkundigte sich, wie ihm sein *Hack-zum-Abschied* bekommen war.

Jean: „Du kannst es Dir nicht vorstellen wenn Du noch nie in ein Wespennest gestochen hast. Hier gab es Verwirrung und Panik pur. Und der Präsident wollte alles vertuschen."

"Keine gute Idee."

"Das wurde schnell klar. Also haben wir die Karten aufgedeckt und die Welt geschockt. Jetzt ist sie um einen Mythos ärmer."

„In der Tat, ich habe deinen Artikel im *International Security Journal* gelesen. Du warst sehr mutig und geschickt. Ich gratuliere dir."

Jean hatte eine provozierende, aber wohl begründete These veröffentlicht: *Die passive Abwehr von Angriffen aus dem Internet reicht nicht mehr aus.* Wer heute nur darauf wartet, einen Angriff zu registrieren, um dann zu kontern, der hat schon verloren. Das hatte die Penetration seines Instituts bewiesen.

Die Zukunft gehörte also der aktiven Abwehr, der Fähigkeit zum Erstschlag bei Bedrohung.

Jean: „Ha. Danach gingen die Wogen hoch im Sturm der Entrüstung. Vom einem neuen Kalten Krieg war die Rede, von Nazi-Methoden und Staatsterrorismus. Eine Zeitung titelte: *Terror & Gegenterror: der neue Krieg im Internet.*

Gelacht habe ich über eine höfliche Deutsche, die mir Blasphemie vorwarf – lästerliche Versündigung an der heiligen Freiheit des Internet. Sie wünschte mir die Inquisition an den Hals. Na ja. Ich habe ihr geschrieben, ich würde sie zu gerne treffen – beim nächsten Chaos Communication Camp."

Natürlich gab es auch heftige Zustimmung: *endlich hat jemand die ungeschminkte Wahrheit gesagt.* Und die meisten waren der Meinung: wenn die Hacker erst regieren, dann ist das der Tod des Internet, der Tod der Demokratie sogar. Also müssen wir uns wehren.

Wacko hat übrigens umgehend eine neue Chaos-Gruppe gegründet. Und hier im Institut haben wir ein paar Forschungsprojekte aufgelegt."

„Mein Freund, wegen eurer Forschung bin ich hier. Wo ist Odile?"

Jean winkte eine marokkanisch aussehende Dame herbei und stellte sie vor.

Eugen: „Schön, Sie endlich zu treffen, Professor."

"Non non non – nennen sie mich Odile. Sie interessieren sich für unsere Parser?"

Eugen: „Ja, und für die Scanner orientalischer Schriften."

„Ah bon. Dann kommen Sie mit mir."

Beide verschwanden in einem Hochsicherheitstrakt, gesichert durch Doppeltüren, Hand- und Augen-Scanner.

23

An einem kalten Winterabend setzte Jean Eugen vor Annas Haus ab. Anna hieß Eugen willkommen und führte ihn an der duftenden Küche vorbei zum Wohnzimmer.

Ein Feuer brannte im Kamin, der Esstisch war gedeckt und Eugen wurde berührt von der warmen, kultivierten Atmosphäre dieses Raums. Anna schenkte Eugen ein Glas ein.

"Vertreib dir die Zeit mit einem Pastis, Eugen, es dauert noch ein wenig."

Eugen studierte Annas Bibliothek, fand Bücher in fremden Sprachen – griechisch, lateinisch, arabisch – geschrieben von Aristoteles, Thomas von Aquin, Averroes und Avicenna. Er las Namen, die in seiner sowjetischen Erziehung keine Rolle spielten, große Namen ohne Zweifel. Hier war er wirklich in der Fremde – in der bäuerlichen Kultur Frankreichs und in Gesellschaft einer Geisteswissenschaftlerin.

Eugen spürte, die Lebensart an diesem Ort reichte Jahrhunderte zurück und über den Tag hinaus. Er nahm ein aufgeschlagenes Buch von Annas Schreibtisch und legte es auf den Esstisch. Anna würde, wie immer, Köstliches servieren, der Wein des Hauses auch heute schmecken und für ein beschwingtes Gespräch wäre gesorgt. Hier vermisste Eugen St. Petersburg weniger denn je.

Anna hatte *pieds paquets*, eine provenzalische Spezialität, zubereitet. Es waren Schafsfüße gefüllt mit Kutteln, Knoblauch und Kräutern, die einen ganzen Tag in Rotwein garten. Es war zwar kein Gericht der Haute Cuisine, doch unübertroffen an einem Winterabend und nun servierte Anna den irdenen Topf.

Eugen war hingerissen vom starken Duft und Geschmack des Gerichts und zeigte es, indem er unter russischen Lauten des Wohlbefindens das Fleisch der Füße vertilgte und deren Knochen stapelte. Anna lächelte zufrieden. Sie schwor auf die Gerichte der armen Leute, wenn sie mit Hingabe gekocht wurden und die Kräuter aus dem eigenen Garten kamen. Endlich zeigte Eugen auf das Buch auf dem Tisch.

„Anna, was macht die Philosophie interessant? Was wollen deine Studenten wissen? Woran arbeitest Du?"

„Dieses Buch da handelt von Freiheit – vom freien Willen des Menschen, der uns seit Aristoteles beschäftigt. Meine Schüler sagen, das Thema ist sexy. Manche meinen nämlich, wir könnten gar keinen freien Willen haben, weil das Gehirn uns nicht immer erlaubt unsere Entscheidungen zu steuern. Sie behaupten, vieles passiere im Gehirn einfach so, ohne dass wir darüber befinden können. Das ist verrückt, nicht wahr?"

Eugen: "Ich weiß nur, dass meine Bots frei sind. Man kann sie nicht zwingen. Sie tun, was sie für richtig finden. Immer."

"In der Tat? Setzen wir uns doch ans Feuer."

Sie setzten sich in die Sessel am Kamin.

Eugen: "Sie lernen, was sie wollen. Sie reisen frei durch das Internet und bleiben in Russland, Arabien und hier in Frankreich. Ihre Welt hat keine Grenzen. Mehr noch: sie sind frei, sich selbst zu verändern – frei sich zu entwickeln. Glaube mir, darum beneide ich meine Bots."

Anna schien beeindruckt, legte ein Scheit auf die Glut im Kamin, griff zu ihrem Glas und lehnte sich zurück.

"Dann hat dein Faktotum auch Sinn für das Schöne?"

Mit dieser schlichten Frage legte Anna den Finger in die Wunde. Eugen seufzte:

„Er lebt ja nur in einer Welt der Bits und Bytes."

Eugen hob sein Glas und betrachtete die Farbe des Weins im Schein der Flammen.

„Diese Köstlichkeit bedeutet ihm nichts. Schlimmer ist es noch, wenn ich Bach spiele. Er kann mein Spiel hören und speichern, und er kann es analysieren. Doch die Musik lieben so wie ich, nein, das kann er nicht."

„Und das betrübt dich?"

„Wenn ich es ändern könnte, ich gäbe meinen rechten Arm dafür."

"Dann, Eugen, wird dein Bot niemals Gut und Böse unterscheiden können."

Eugen schieg verwundert. Gut und Böse? Diese biblischen Kategorien kamen nicht vor in der Welt der Algorithmen, des Schlussfolgerns und der Wissensbasen.

"Was macht's? Ein Bot wird dennoch ein Wunderwerk sein, wird die Fachwelt erstaunen und die Gangster entsetzen".

"Vielleicht wird er das. Doch bedenke: das Gute und das Schöne gehören zusammen. Es gibt das Eine nicht ohne das Andere. Die griechischen Philosophen nannten es *kalos kai agathos*. Wie frei ist also ein Bot, der das Schöne nicht kennt? Hat er die Freiheit Gutes zu tun?"

Nun blickten beide gedankenverloren ins Feuer und Eugen murmelte *kalos kai agathos*.

„Anna, glaubst du an diese alten Sachen?"

„Ja, mein Freund. Sie sind in 2000 Jahren nicht widerlegt worden und auch deine neue Technik wird daran nichts ändern."

Als das Feuer verglimmte, dachte Anna an die Mühen ihrer Studenten, sich in der Welt der großen Denker zurechtzufinden. Auch Eugen würde seine Zeit brauchen. Doch der Tag würde kommen, wenn Eugen innehält, um sich umzusehen. Nun bat sie Eugen, für sie zu spielen, und der ließ die klaren Harmonien eines Brandenburgischen Konzerts erklingen.

24

Auf der langen Fahrt vom Camp bei Berlin in die Drôme hatte Jean viel von seiner Heimat gesprochen, wollte Eugen vorbereiten auf all das fremde Neue, das ihn erwartete. Eugen hat dabei auch von Jean und seiner Familie erfahren.

Jean: „Ein verrücktes Huhn war ich schon. Fernweh hatte ich immer, konnte es nie erwarten wieder zu trampen. Bin per Autostopp am liebsten durch Spanien nach Marokko runter. War dann immer wie im Rausch der Landstraße. Kein Tag verging ohne Abenteuer. Marrakesch war damals unglaublich exotisch – der schönste Kulturschock, den du dir vorstellen kannst.

Ich wollte auch immer wissen, warum sich die Linken für Marx und Mao begeistern. Hab's aber nie begriffen. Was hab ich übersehen? "

„Vom Marxismus kann ich dir einiges erzählen, ein ganzes Semester lang, wenn nötig. Aber begeistern könnte ich dich nicht. Wer, wie du sagst, Marrakesch mag, Bunuel und die Surrealisten, und den Jazz des Django Reinhardt – der ist für den Klassenkampf verdorben. Du hast übrigens viel von deiner Mutter gesprochen. Wo ist dein Vater?"

„In Amerika. Anna hat ihn als Assistentin an der Sorbonne kennen und lieben gelernt. Und dann kam ich."

„Das war wohl nicht einfach für sie."

„Die Familie fing sie auf. Es ist eine große und großartige Familie. Bei einer Hochzeit kochen und backen alle Frauen und hundert Leute feiern. Du wirst es ja sehen.

Die Familie hat schwere Zeiten durchgemacht. Mein Großvater musste sich vor den Nazis verstecken. Er kämpfte im Widerstand, denn im nahen Vercors haben die Nazis entsetzlich gewütet. Er hat sich ein ganzes Jahr in den Wäldern durchschlagen. Er war schlau, aber ohne seine Familie wäre er verhungert."

25

Die Stanford University, benannt nach ihrem Gründer, einem Eisenbahnmagnaten des Westens, unterscheidet sich von den älteren Eliteuniversitäten des Ostens, die in ihrem ehrwürdigen Baustil, gepflegten Rasen und Efeu, an englische Universitäten erinnern. Rund um Stanford, wie die Universität kurz genannt wird, haben Orte und Straßen klingende spanische Namen, wie Los Altos oder El Camino Real, und die Gebäude südliches Flair.

Stanford war seit vielen Jahren ein Magnet für die studentischen Eliten Europas, Koreas, Indiens. Sie war Inkubator und Katalysator für die Entwicklung des Silicon Valley und des Internet. An diesem besonderen Ort wollte Eugen ein Sabbatical verbringen, sich auf die Entwicklung der Bots konzentrieren, die eine kritische Phase erreicht hatte. Bald würde sich zeigen, ob die Softwarearchitektur leistet, was sie leisten soll.

Eugen war lange unterwegs gewesen in allen Teilen der Welt, wo Softwaretalent zuhause war, hatte Aufträge platziert und viel Geld ausgegeben. Die Ergebnisse flossen zurück an Rachels Institut am Massachusetts Institute of Technology (MIT), das für Integration und Test sorgte. Rachel und ihr Team hatten bereits hunderte von

Modulen zu einem Bot zusammengebaut, und die Entwicklungsstufe 0.5 erreicht. Wäre dieser Bot ein Mensch, würde ihm ein Arzt stabile Physis bescheinigen, intakte Sinne und Vitalfunktionen, störungsfreie Kognition. Über seinen Charakter, über Selbstbewusstsein und Zielstrebigkeit, über sein Entwicklungspotential könnte er freilich noch nichts sagen.

Eugen war, vom MIT kommend, auf dem Flughafen San Francisco gelandet und saß nun in Vijays Cabriolet – einem in die Jahre gekommenen Alfa Romeo. Gepflegter Lack und Ledersitze sagten dem Kenner: *dies ist ein Liebhaberobjekt.* Bis vor kurzem floss kalter Nebel wie an jedem Morgen vom Meer über das Küstengebirge. Nun aber hatte ihn die kalifornische Sonne aufgelöst. Es war, wie so häufig, ein strahlender, warmer Wintertag. Die Fahrt führte schließlich durch den Palmenhain des Campus, vorbei an Studenten, die barfuß Frisbee spielten.

Sie parkten vor Vijays Institut und gingen hinüber zur Cafeteria. Scharen von Studenten waren unterwegs um die Mittagszeit, auf Fahrrädern, Rollschuhen, Rollerblades, joggend, in Jeans und kurzen Hosen. Eugen registrierte den augenfälligen Ausdruck des kalifornischen *Way of Life*: man gibt sich locker, fit und zielstrebig.

Eugen: „Hier kann man leben".

"Ja, mein Lieber, Stanford rockt."

Dabei zeigte er auf einen Arbeiter, der sich um Risse im Mauerwerk kümmerte. Überall, wo ein Gerüst stand, gab es Erinnerungen an ein kleines Erdbeben. Eugen berichtete von Rachels Bot.

"Er ist immer noch ein Torso, aber er nimmt Gestalt an. Die Introspektion funktioniert erst rudimentär, die Orientierung im Netz klappt, mit den Scannern und

Sprach-Interpretern geht's wie am Fließband. Der Planer ist Spitze. Professor Hewitt, Rachels alter Mentor, hätte seine Freude daran. Sein *Planner* brachte den Durchbruch – damals in den Siebzigern."

Vor dem Buchladen lagen Zeitungen aus. Eugen hielt inne, und machte Vijay auf die Schlagzeile *Tel Aviv bedroht* aufmerksam.

„Tel Aviv. Rachel hat dort Familie, Mutter und Schwester. Sie wollte, dass ich das weiß."

Schließlich erreichten sie die Cafeteria für einen Imbiss.

Vijay: „Ein andermal gehen wir in den Club der Fakultät, doch hier schlägt das Herz von Stanford. Wenn du Joghurt, Saft und Salat magst, dann bist du hier richtig. Hier isst man bewusst."

Die jungen Leute am Nebentisch blickten herüber und musterten das unterschiedliche Paar. Vijay trug schwarze Hosen mit Bügelfalte, weißes Leinenhemd mit Stickereien, randlose Brille, elegante Schuhe, eine goldene Kette. Eugen, der im Park von Leningrad einen abgerissenen Eindruck gab, hatte sich neu eingekleidet, doch ohne modische Akzente zu setzen. Seine Kleidung passte zu seiner vernachlässigten Frisur und seinen derben Händen mit dem klobigen Ring. Kleidung, Haltung, Miene und Statur sprachen eine beredte Sprache: *seht nicht auf mein Äußeres, seht auf mein Können.*

Auf dem Weg zurück zum Institut besprachen sie die Fortschritte am MIT. Ihr Gespräch kreiste schnell um Rachels Naturell und Führungsstil.

Vijay: „Sie hat übrigens einen Spitznamen. Ihre Leute nennen sie *Theo Whip*, die Peitsche."

„Kein Wunder. Sie wirkt auf mich wie eine Getriebene. Warum nur diese Hast?"

„Weißt Du noch? Damals auf der Ranch in Arizona sagte sie, es gibt den Dunklen Herrscher des Internet. Deshalb brauchen wir Bots. Wir brauchen sie auf der Stelle."

„Ich erinnere mich. Und mir scheint, ich spüre ihre Angst."

„Glaubst Du, sie weiß etwas, was wir nicht wissen?"

"Gut möglich, immerhin sitzt sie im Nationalen Sicherheitsrat."

Angekommen, öffnete Vijay Eugen die Tür zu dessen neuer Wirkungsstätte. Es war das Büro eines emeritierten Professors, der sich vom Campus zurückgezogen und den Raum unverändert gelassen hatte. Die Bibliothek des Molekularbiologen füllte die Regale einer ganzen Wand. Die Wände waren mit dunklem Holz getäfelt – Hintergrund für Gemälde in großen Rahmen. Fotos, Urkunden und Auszeichnungen zeugten von einer langen akademischen Karriere. Schwere Ledermöbel, Teppiche, Lampen und ein ausladender Schreibtisch aus rötlichem Holz zeugten vom Geschmack einer vergangenen Zeit.

Eugen warf einen Blick aus dem Fenster, sah auf einen mit Knospen übersäten Busch, der im Frühjahr blau erblüht. Offensichtlich würde er hier in Ruhe arbeiten können. Dann examinierte er die Computer, bootete sie und war zufrieden. Es waren die speziellen Anfertigungen, die er bestellt hatte. Nichts fehlte mehr – die Sache konnte beginnen.

26

Eugen querte die Aula, ging vorbei an schwarzen Brettern voller Aushänge. Ein Plakat lud ein zur

Internationalen Konferenz für Mathematische Genetik und Genetische Algorithmen in Shanghai, China. Dann betrat er Vijays Büro. Inmitten weißer Wände stand ein Schreibtisch aus Acrylglas auf dem Holzboden, ein Stuhl davor, zwei Stühle dahinter. In der Mitte der Längswand stand ein niedriger Rollschrank, darauf eine Buddha-Figur. An der linken Seite des Schränkchens lehnte eine Gitarre, an der rechten ein aufgerollter Futon.

Auf dem Tisch befanden sich Bildschirm, Tastatur, Maus, Tischlampe und eine Auszeichnung in Form einer versilberten, stilisierten Doppelhelix. In der Gravur des Sockels waren die Wörter *Award, Computational Genetics* und *Vijay Chandra Yunus* zu lesen.

Das minimalistische Ambiente der Zimmers lud ein zur Meditation. Doch Eugen und Vijay setzten sich unverzüglich vor den Bildschirm. Vijay zeigte absonderliche Dinge: Inkunabeln, Codizes, uralte illustrierte Handschriften in Gotisch, Latein, Griechisch, Arabisch, Persisch. Die meisten Dokumente hatten im Lauf der Jahrhunderte stark gelitten. Dennoch faszinierten sie und Eugen sah gespannt zu.

Vijay: "Du blickst gerade in das digitale Archiv der Library of Congress. Und Du siehst getarnte Bots, Bots in exotischer Verkleidung."

Doch die konnte Eugen nicht erkennen.

„Diese Bilder sehen aus wie Originale, aber das sind sie nicht. Sie stecken voller Software, d.h. bot-code. Doch der ist, wie ein Wasserzeichen, kaum zu sehen. Schau her."

Vijay zeigte zwei identisch aussehende Bilder eines mittelalterlichen Evangeliars – ein blühender Garten im Vordergrund vor einer Burg, dahinter Wald und Berge, darüber Heilige im Himmel.

„Links ist das Original, rechts die Kopie. Darin gibt es subtile Änderungen von Farben, Formen und Texturen. Du kannst sie kaum wahrnehmen. Darin steckt die Information. Stell dir vor, in jedem hundertsten Bildpunkt steckt ein kleines Stückchen Code. Also sag, ist die Verkleidung der Bots nicht niedlich?"

Als Eugen beeindruckt das Bild inspizierte, startete Vijay den Film *Some like it hot*. Sie sehen die großartige Szene in der Marilyn Monroe den Zug nach Florida entlanggeht, gefolgt von den *Damen* Jack Lemmon und Tony Curtis, die ihren aufregenden Gang imitieren.

„Das ist meine Version des Films, das konntest du dir denken. Dennoch nicht schlecht, nicht wahr? Er enthält die gesamte Software von Rachels Bot.

"Bolschoi, mein Freund, du wirst den Turing Preis gewinnen."

Doch Vijay winkte ab.

„Mach mich nur nicht stolz, sonst werde ich als Bot wiedergeboren."

Sie lachten und wussten, sie hatten eine wichtige Hürde genommen. Schließlich war das Internet voll von Musik, Bildern, Videos – Verstecke genug für Heerscharen von Bots. Eugen meinte aber noch ein Problem zu erkennen.

„Der ganze Code in einem Film – an einem Ort?"

„Nein, der Code wird verteilt, so wie wir es auf der Ranch beschlossen haben. Schau, was meine Doktoranden gebaut haben. Hier ist der Bot".

Eugen beobachtete eine seltsame Szene, als der Bildschirm begann lebendig zu werden. Es schien, als sei ein riesiger Schwarm gläserner Bienen im Geäst eines imaginären Baums gelandet. Seine wabernde Gestalt war zusammengesetzt aus transparenten Teilen. Man konnte durch ihre Oberfläche in die Tiefe der Struktur sehen und ihre Komplexität erahnen. Teile der Gestalt pulsierten indem sie ihre Farbe änderten vom hellen Grau der Glasfarbe, zu transparentem Rot. Der Schwarm glich einer unfertigen Kugel, der an der Oberfläche und in der Tiefe Teile fehlten und an der noch gebaut wurde. Dann veränderte sich die Gestalt des Schwarms und glich einem Kopf, in dessen Gehirn sich Stellen röten, um dann wieder fahl zu werden. Eugen blickte auf die Software eines aktiven Bot und dachte: *bolschoi, der Bursche lebt.*

„Schau wie einzelne Teile abfallen und neue hinzukommen. Der Konfigurator holt die neuen Module dann aus dem Internet, wenn sie gebraucht werden. Kein Bot ist also jemals komplett an einer Stelle, allenfalls ein paar Funktionseinheiten. Das wolltest Du doch."

Immer wenn ein neuer Modul dazukam, streckte er für einen Augenblick Konnektoren aus, die – Tentakeln gleich – in die Struktur des Bots hineinreichten. Manchmal aber misslang diese Art des Händeschüttelns. Dann blitzte die Komponente auf und fiel mit einem knirschenden Geräusch ab.

„Und jetzt pass auf, gleich ist die Show vorüber."

Es schien, wie wenn ein Teil in der Tiefe des Bots anfing zu glühen und sich zu zerstören. Der Teil dunkelte, wurde schwärzlich und schien seine Umgebung lahmzulegen. Alles Rot verblasste, hunderte von Teilen fielen mit einem tiefen Seufzer ab. Nur eine dünne, gitterartige Struktur blieb zurück, die an die Knochen eines Schädels erinnerte.

Eugen: „Mir scheint, das Ding hatte einen Infarkt. Was war's denn?"

„Es war der Introspektor. Er funktioniert in Meta 1 und geht dann in Meta 2. So wie ich es verstehe, kontrolliert er zuerst das Verhalten des Bot und dann kontrolliert er sich selbst. Doch aus Meta 2 scheint er nicht zurück zu kommen. Er schnappt sich immer mehr Ressourcen – frisst den ganzen Speicher wie in Panik. Und irgendwann ist es aus. Das ist alles, was ich weiß. Gut, dass du jetzt da bist."

„Dieses Problem ist ein echter Kernbeißer. Ich hab's geahnt. Doch es muss warten. Ein wenig müsst Ihr noch ohne mich auskommen. Ich werde ein paar Tage unterwegs sein."

27

Asiaten, Afrikaner und Europäer arbeiteten in dem Labor in Istanbul, das Eugen besuchte. Es war eines der modernen Zentren der Auftragsforschung der aufstrebenden Stadt. Eugen hatte ähnliche Labors in Astana, Chennai und Singapur besucht. Nun beobachtete er einen Bildschirm, während Shika den Stand der Dinge erklärte.

„Das Sprachensystem ist bald fertig. Urdu und Arabisch sind abgeschlossen. Ich teste gerade Bangla – visual & audio".

Textschnipsel in exotischer Hand- und Druckschrift erschienen in rascher Folge. Die englische Übersetzung lief parallel dazu wie ein Band über den Bildschirm. Darunter waren Komponenten der Scanner- und Interpreter-Software stilisiert dargestellt. Ihre variierende Farbe und oszillierende Größe zeigten ein Aktivierungsmuster: Routinearbeit, Problembearbeitung, Erfolg und Scheitern.

"Hier sind die Statistiken. Schau, die Erkennungsrate ist 97 %. Ich bin stolz. Nun zur Audiofunktion."

Als Shika und Eugen Headsets aufsetzten, hörten sie Sprachfetzen mit hohen und tiefen, männlichen und weiblichen Stimmen, gesprochen und gesungen. Dann schaltete Shika ab und erklärte die Statistik.

„Trefferquote ist 53%. Das ist gut angesichts der oft schlechten Akustik und der vielen Dialekte. Doch wichtige Schüsselwörter erkennen wir mit hoher Wahrscheinlichkeit – 89%. Ich denke, wir haben es geschafft."

„Ihr habt es in der Tat geschafft und könnt stolz sein. Ich danke Euch."

Eugen schüttelte Shika und ihren Kollegen die Hand und verabschiedete sich. Wieder kreisten seine Gedanken um die zwiespältige Natur des Internet, der *Schönen Neuen Welt*. In ihr gab es Überwachung, Sex & Crime, wie Jean es genannt hatte. Sie hatte aber auch Neuerungen mit unglaublicher Kraft vorangebracht, automatische Übersetzung von Text etwa, Sprachverarbeitung und Bildverarbeitung. Früher hatten sich hauptsächlich Schlapphüte dafür interessiert, heute steckte die Technik in Filmen und Computerspielen, in Browsern und in Autos. Gerade hatte er davon profitiert. Shika hatte Spitzentechnik schnell und zu moderaten Preisen geliefert. Er war ein Problem los. Seine Bots würden verstehen können, was sie lasen. Nun konnte er sich einem neuen Problem zuwenden. Diesmal aber würde er auf sich alleingestellt sein.

28

Eugen war in Eile und gespannter Erwartung unterwegs zu seiner letzten Station, zu Betty und Joe. Lange hatte er vergeblich nach solch schlachtenerprobten Experten gesucht. Es hatte diese Cracks gegeben, deren Namen,

Projekte und Bücher noch immer genannt wurden. Doch die Zeit ihres Wirkens war vorüber. Nur Bill, der alte Fahrensmann der Forschung hatte helfen können, erinnerte sich an Betty, die ihn einst an die Hand genommen hatte und zeigte, wie man mit Computern die Auswertung von Satellitenfotos anpackt.

Joe hatte noch die Zeit der *besessenen Programmierer* miterlebt, jener Autodidakten, die in Rechenzentren hausten und dort ihr Feldbett aufschlugen, um jede Sekunde Rechenzeit, die knappste Ressource, zu nutzen.

Später, zur Zeit der Studentenrevolten gegen den Vietnamkrieg, hatte Joe mit dem Gedanken gespielt zu studieren. Doch dann begeisterte er sich für die aufkommende Kosmologie und verfiel der Frage *Wie entwickelt sich eine Galaxie?* Joes neue Simulationstechnik für verteilte dynamische Systeme ging diesem Thema nach und begeisterte die Fachwelt. An der Simulation von Schwärmen, Wolken, Horden und Herden von Sternen, Autos, Menschen oder Filmfiguren arbeitete Joe noch immer.

Betty hatte als Pionierin die Frühzeit der Künstlichen Intelligenz mit allen Höhen und Tiefen miterlebt. Sie war Teil des Systems romantischer Hoffnungen, aberwitziger Versprechungen und des spektakulären Scheiterns an der immer gleichen Hürde *Komplexität*. Intelligente Systeme hatten sich als abenteuerlich komplex erwiesen.

Sie wollte als Lehrerin und Managerin eine neue Disziplin aufbauen und schlug sich als Entwicklerin wiederholt in die Bresche, um den ersehnten technischen Durchbruch zu erzwingen. Bekannt wurde ihre Architektur der Wissensintegration, des Zusammenspiels von logischen Kalkülen, neuronalen Netzen, Ontologien, Frames und Objekten. Danach krähte nun kein Hahn

mehr. Doch die Fülle ihrer Erfahrungen war von un-
schätzbarem Wert.

29

Eugen war wieder auf amerikanischem Boden gelandet,
fuhr durch die endlosen Vororte von Los Angeles in die
Hügel vor der nahen Wüste, hielt an der schwer bewach-
ten Einfahrt zu einer Firma und wurde geprüft. Dann
betrat er ein Gebäude und einen leeren Raum. Dort
stellte er seine Tasche auf einen Tisch, verließ das Gebäude durch den Hinterausgang, fuhr mit einem Auto
ohne Nummernschild in einen abgelegenen Teil des Fir-
mengeländes und parkte in einem Car Port neben einem
heruntergekommen Haus.. Im Raum, den er betrat, waren Betty und Joe in ihre Arbeit vergraben.

An der Innenseite der Tür zeigte ein Schild ein
Stinktier (Skunk) und benannte den Ort: Skunk Works
III, ein Ort also, wo Entwicklungen mit größtmöglicher
Kreativität, geschützt vor Bürokratie und öffentlichem
Interesse vorangetrieben werden. Üppige Finanzierung,
persönliche Freiheiten, extreme Herausforderungen und
die Chance zu spektakulären Erfolgen zu kommen,
lockte die Besten an solche Orte.

Computer schienen hier ebenso zu wuchern wie die
Unordnung. Die Ecken waren voller Gerümpel; Ventila-
tor und Kühlschrank die einzigen Luxusgegenstände.
Ein großes Poster zeigte eine berühmte Zeichnung des
Logikers M.C. Escher: ein Fisch im tiefen Wasser entwickelt sich stufenweise, nimmt dabei die Form eines Vogels an, steigt schließlich aus dem Wasser und schwingt
sich in die Lüfte. Doch es ist nicht nur der Fisch, der sich
entwickelt, es ist auch seine Umgebung – anfangs das

Wasser, später die Luft – die zum Vogel wird und den Fisch verschwinden lässt. Hier stand die Logik Kopf und der Betrachter verwunderte sich darüber. Unter dem Poster stand in großen Lettern das Credo von Betty: *Evolution is not a free lunch* (Evolution ist nicht umsonst zu haben).

In ihre Arbeit versunken, begrüßten die beiden Eugen nicht, sondern zogen ihn sofort in ihr Problem.

„Hey, komm her und sieh dir den Mist an."

Eugen fühlte sich wie im Hackercamp bei Berlin. Er und Betty starrten auf den Bildschirm, wo seltsame Kreaturen entstanden. Sie hatten bizarre Organe oder Extremitäten entwickelt, ähnelten Insekten, Viren, Quallen, Farnen, albernem Spielzeug, nie gesehenem Getier einer Kunstwelt. Es war ein Karneval der Strukturen.

„Joe hat sich hier ausgetobt, und ich kann's brauchen. Echt super."

Joe hatte vor Jahren an den Computeranimationen eines Hollywood-Films mitgewirkt. Darin wurde die menschliche Zivilisation von Außerirdischen bedroht und schuf zu ihrem Schutz eine Armee von Kampfrobotern. Joe visualisierte den Kampf der Armee der Außeririschen gegen die Armee der Roboter. Die Skelette dieser Akteure hatte er nun verwandelt, um Strukturen von Bots, d.h. von Bot-Software darzustellen. Darin konnte der Betrachter vieles vermuten: Wirbel, Rippen, Flossen, Beine, Tentakel, Augen, Schwänze, Fühler.

„Irgendwann mach' ich aus den Gerippen noch echte Viecher mit Muskeln, Haut und Haaren, Schuppen und Panzern. Sobald wir deinen Mist im Griff haben. Eine schöne Scheiße ist das."

Betty erklärte, wo der Hase gewaltig im Pfeffer lag. Planer, Goaler und Motivator sollten ein harmonisches

Dreiecksverhältnis pflegen. Betty aber sprach nur vom Bermudadreieck, in dem der Bot aus unerklärlichen Gründen abstürzte. Wenn der Goaler dem Planer ein Ziel vorgab, berechnete der, in welchen Schritten das Ziel zu erreichen war. So weit so gut. Vielleicht lag das Problem beim Motivator.

Nächtelang hatte sie an ihm herumbastelt und schließlich das Handtuch geworfen, denn bei der kleinsten Änderung spielte er verrückt. Sie wollte diesen Schrott schon rauswerfen, doch ganz ohne ihn ging es nicht. Er teilte anderen Komponenten Ressourcen zu, etwa Zugriffsrechte, Rechenzeit und Speicherplatz. Ohne Ressourcen hatte also eine Komponente keinerlei *Motivation* etwas zu tun. Um die Ressourcen clever zu verteilen, brauchte der Motivator Wissen über Vergangenes, Laufendes und eine Vorausschau auf die unerledigten Ziele.

„Ich hab den Motivator nie genau verstanden. Und geärgert hab ich mich über deinen kryptischen Programmierstil. Du hättest ruhig ein paar Kommentare spendieren können. Teuflisch aber ist die Lernfunktion, die du in alle Komponenten eingebaut hast. Ja, ja ich weiß schon, die Dinger werden dadurch immer schlauer, aber sie werden auch pausenlos verändert. Bei dem verdammten Motivator kann ich mich drauf verlassen, dass er morgen anders tickt als heute. Eugen, ich habe getobt, dich verflucht. Und dann hat Joe mich gerettet."

Joe hatte ihr seine Methode empfohlen, seinen Befreiungsschlag, wenn er nicht mehr aus der Ecke kam.

Probier's aus, hatte er empfohlen, wenn ich Hunger habe, aber kein Rezept, dann koch ich nach Gefühl. Und ich merke mir, was geschmeckt hat. Das mach ich nächstes Mal noch besser.

Betty hatte in der Tat keine andere Wahl mehr, als zu probieren. Doch wie vorgehen? Es gab angsterregend viele Möglichkeiten. Zuhause hatte sie eine Galerie von Flaschen: Gin, Whiskey, Cognac, Armagnac, Tequila, Port, Pastis, Säfte, Sirup, Oliven, Kirschen, Champagner. Und doch, eine Zutat fehlte immer zum Cocktail. Oft hatte sie dann experimentiert und einen trinkbaren Cocktail *gezaubert*. Nun aber gab es weit mehr Möglichkeiten, Bots zu zaubern. Hunderttausende. Die komplexe Software hatte hunderte von *Schrauben*, an denen man drehen konnte. An welchen musste man gleichzeitig drehen?

Ein Bot war dazu da, tief einzutauchen in die Privatsphäre einer Person oder in die Machenschaften einer Firma. Jedes Mal, wenn er in einen Rechner eindrang, musste er planen, wie er dessen Innereien durchkämmen und analysieren würde, wie er Dokumentarchive, Datenbanken, Anwendersoftware, Passwörter und Hinweise auf Beziehungen in Emails, LinkedIn, Facebook etc., behandeln würde. Dafür konnte es keinen Standardplan geben.

Betty und Joe hatten sich die Computerinhalte von zwei Privatpersonen und einer Importgesellschaft besorgt und auf ihren Rechnern installiert. Es war genug, um das Bermudadreieck zu testen, dessen Programme sie variierte und deren Varianten Joe visualisierte.

„Schau da. Der Fühler ist geschrumpft, hat aber eine neue Gabel bekommen. Ich habe eine Schleifenoperation einfach mal verkürzt und zwei neue Aussprünge eingebaut. Vielleicht blieb er früher in der Schleife hängen. Mal sehen, was er tut."

Kurz darauf blinkte das *Biest mit Fühler* rot auf und verschwand. Es war im Bermudadreieck gelandet. Neue und veränderte Kreaturen erschienen auf dem Bildschirm ohne Unterlass, durchliefen den Test und verschwanden wieder.

Eugen wusste, dass Betty an einer heiklen Stelle arbeitete, an der man scheitern konnte. Er drehte seinen Ring.

„Stimmt schon, es ist ein verdammter Mist. Vielleicht ist der Introspektor schuld. Manchmal bleibt er in einem Strange Loop (logisches Paradox) hängen und verirrt sich in Meta 2. Ich weiß nicht, ob er da rauskommen wird. Betty, da musst du selbst durch. Ich hab' zu wenig Zeit, kann Euch jetzt nicht helfen."

Dann wandte er sich dem Escher-Plakat an der Wand zu, dessen Unterschrift nun wie ein böses Omen wirkte.

„Ihr habt's gewusst, unser Spiel mit der Evolution hat ihren Preis."

Joe: „Wir werden dieses verdammte Spiel verlieren und darauf will ich wetten."

„Keine Wette, Joe. Diesmal geht's um alles. Habt Dank, meine Freunde, dass Ihr noch mitspielt."

Eugen umarmte Betty und, als er mit Joe zur Tür geht, rief Betty hinterher.

„Lasst mich nur machen, ihr alten Knacker. Was der verdammte Bot braucht, ist weibliche Intelligenz."

30

Eines Nachts kam Vijay in Eugens Büro.

„Was werkelst Du denn noch immer?"

„Ich habe Post."

„Ah, von dieser fabelhaften Französin?"

„Post von meinem Bot. Hier. Schau Dir das an."

Unter der Überschrift *Protrepticos* folgen viele Seiten gefüllt mit griechischen Lettern. Und darunter steht zuletzt: *schön.*

Vijay: „Was zum Teufel meint Dein Bot?"

„Ich weiß es doch nicht. Ich glaube, manchmal testet er mich. Schickt mir komische Sachen. Schreibt immer dazu *schön.* Und ich kapier nicht, was er meint. Ich weiß nur eines – das Biest ist viel schlauer als ich."

Vijay: "Du redest Unsinn. Es ist doch nur ein Bot."

"Nein. Dieser Bot ist der erste einer neuen Generation. Ein echter Durchbruch. Monate habe ich mich mit seiner Architektur herumgeschlagen."

Das Konzept *Society of Mind* des alten Marvin Minsky hatte Eugen inspiriert. Der war überzeugt, dass das Gehirn wie eine Gesellschaft gleichberechtigter Partner funktioniert, also ohne Vorgesetzte und Untergebene. Eugen hatte daraufhin die Bot-Architektur umgeschmissen, alle Hierarchien abgebaut und stattdessen eine Art Börse eingeführt. Darin konnten alle Module Wissen und Meinungen austauschen. Jeder konnte mit jedem reden – wie er's brauchte.

„Vijay, es ist ein Quantensprung."

„Riesig. Wann hast du das alles gemacht?"

„Auf meinen Reisen, nachts im Hotel."

„Hierarchielose Strukturen haben es mir übrigens schon lange angetan, bei Ameisen, Algen, Vögeln, sogar bei Zellen. Ich glaube, sie sind fundamental."

Sie diskutierten das Konzept. Wenn das an dieser Universität so wäre, gäbe es weder einen Präsidenten noch Dekane. Entscheidungen würden sich im Gespräch der Professoren am runden Tisch von selbst entwickeln. Eugen war der Meinung, dass die Vorteile der

neuen Bot-Organisation ihre Nachteile bei weitem über-
wiegen.

„Die alten Bots, die Rachel jetzt testet, sind
Schrott."

„ Ich glaube, das Konzept ist wie sein Meister."

„Was, zum Kuckuck, meinst du damit"

„Nun, wieder wettest du auf Sieg, nicht auf Platz.
Mit der neuen Architektur liegen alle Eier in einem
Korb."

„Da waren sie doch immer. Schon auf der Ranch."

„Die flache Architektur scheint mir aber eine harte
Nuss zu sein."

„Ganz recht. Betty und Joe beißen sich daran gerade die Zähne aus. Und nun lass uns gehen, es ist spät
geworden. Morgen sehe ich mir diesen Strange Loop in
Meta 2 an."

„Langsam. Sag mir eines: wo steckt dieser Bot?"

„Heute da, morgen dort. Ich weiß nur, dass er sich
gerne in Bibliotheken herumtreibt."

„Er ist also frei?"

„Ganz und gar. Frei zu lesen und zu lernen was er
will."

Ein unreifer Bot in Freiheit – davor hatte Eugen
immer gewarnt. Hatte er seine eigenen Bedenken in den
Wind geschlagen? Doch Eugen beruhigte.

„Sein Replikator ist deaktiviert, er kann sich nicht
vermehren. Keine Gefahr also."

Doch Vijay war neugierig geworden. Warum nur
hatte Eugen das getan? Als sie sich auf den Weg zum
Parkplatz machten, legte Eugen unvermittelt den Arm
auf Vijays Schultern und sprach zum ersten Mal über
sich.

„Es ist ein Gänsehaut-Gefühl, einen jungen Bot freizulassen. Ich sehe da den jungen Falken hoch oben auf dem Rand des Horsts, der endlich die Schwingen ausbreitet und ins weite Land schwebt. Du siehst, es ist eine sentimentale Geschichte. Und dass ich mich über seine Botschaften und gelegentlichen Besuche freue, kannst du dir denken. Auch wenn ich ihn nicht verstehe, so weiß ich doch, dass er lebt."

31

Rachel verließ das Taxi und betrat die israelische Botschaft. Sie wurde zu einem Büro geführt, wo ein älterer Herr sie begrüßte und aufmerksam betrachtete.

Rachel: „Danke, Botschafter, dass Sie mich so rasch empfangen haben."

„Aber gern, Sie sind Mitglied des Sicherheitsrats."

Rachel bat, gleich zur Sache kommen zu dürfen.

„Eine neue Art Flugkörper, ähnlich einem Cruise Missile, ist in Fernost entwickelt worden. Er ist den Kassam-Raketen weit überlegen. Elf Exemplare sind unterwegs nach Dubai. Das Schiff, die Rho Bao Ra, wird in 4 Tagen landen. Sollten diese Lenkwaffen in den Libanon geschmuggelt werden, dann helfe uns Gott."

Der Botschafter machte sich Notizen und sah wieder auf Rachel.

„Erstaunlich. Woher haben sie diese Information?"

„Das, Botschafter, kann ich ihnen nicht sagen, doch sollen sie wissen: diese Quelle steht nur mir offen und ist absolut zuverlässig."

Wieder studierte der Botschafter sein Gegenüber. Dann ergriff er Rachels Arm, löste ihr Armband, befühlte es und betrachtete die Zeichen darauf.

Rachel: „Es hat meiner Bobe (Großmutter) gehört. Botschafter, was werden sie tun?"

„Das, Professor, kann ich ihnen nicht sagen. Doch sollen sie wissen, dass ich nicht untätig bleibe." Damit gab er das Armband zurück und segnete seine Besucherin zum Abschied auf Jiddisch.

„Maseltow, Rachele, hazloche un broche."

32

Der Campus des Massachusetts Institute of Technology, MIT genannt, war geprägt von wuchtigen alten Gebäuden ebenso wie von den supermodernen Konstrukten des Architekten Frank Gehry. Hier fanden sich Säulenportale über mächtigen Freitreppen ebenso wie Fassaden ohne eine vertikale oder horizontale Fläche. Bei Gehrys Häusern trafen gekrümmte Flächen in beliebigen Winkeln aufeinander – befremdend, doch beschwingt. Ihre Form schien das Ergebnis des Zufalls und des Augenblicks zu sein, die sich morgen wandeln würde. Dennoch wirkte das Universitätsgelände streng – wie ein Symbol des calvinistischen Glaubens, der Technik und des Nordens.

Hier war Rachels Reich. Ihr Institut testete jede der vielen Komponenten eines Bots. Rachel selbst übernahm es, Bots zu konfigurieren, deren Architektur sie hier allein kannte. Sie hatte eine gigantische Spielwiese für Bots gebaut, ein eigenes Netz, in dem 80% der Computertypen vorkamen, mit denen das Internet realisiert wurde, dazu kamen Clones und Mirrors (Duplikate) aus aller Welt. Viele Millionen Dollar war es wert und ein Dorado für die Erforscher neuer Netztechnologien. Ein paar Dutzend Forschungslabore experimentierten täglich an diesem Mini-Internet.

Hier wurden Verhalten und Performance neuer Bot-Versionen getestet. Allerdings blieben die Bots dabei in Quarantäne – d.h. in abgeschotteten Teilen des Netzes, aus denen kein Bot entkommen konnte.

Zurückgekehrt von ihrem Ausflug zur Botschaft und unterwegs zu ihrem Büro, öffnete Rachel eine kamera-überwachte, sensor-bestückte Tür. Der hohe Raum dahinter war zum Bersten angefüllt mit Regalen voller Computer in einem Gewirr von Kabeln. Lüfter und Klimaanlage rauschten monoton bei mattem Licht. Auf einer langen Reihe von Bildschirmen leuchteten animierte Diagramme und Strukturbilder. Die große Maschine in diesem Raum schien zu leben, bewacht von einer Frau, die wie eine Ärztin auf der Intensivstation wirkte.

„Hi, Debbie".

Die Systemmanagerin kam auf Rachel zu und blickte sie an.

„Du siehst miserabel aus."

„Ich weiß schon, habe zu wenig Schlaf bekommen. Die Zeit drängt. Am Freitag bringt Vijay das neue Zeug. Wieder einmal haben sie am Kern rumgebastelt. Also ist die ganze Testflöte fällig."

"Freitag sagst du? Ok. Ich hab' dann das Testsystem am Laufen. Passt mir aber gar nicht. Die Japaner haben endlich geliefert. Ich wollte das neue IPCS-Subsystem anschließen."

Dabei handelte es sich um ein Netzwerk von Industriesteuerungen, ohne die kein Kraftwerk, kein Stellwerk, keine Fabrik funktionierte. Diese Erweiterung sollte den Bau des Truppenübungsplatzes für Bots abschließen.

33

Vijay betrat Rachels Büro. Es war offensichtlich kein Ort für Spielereien. Der einzige Luxusgegenstand war eine Couch und die einzige Zierde ein paar fröhliche Malereien ihrer Kinder. Nach flüchtigem Gruß legte Vijay einen kleinen Memory-Stick auf den Schreibtisch.

„Hier ist Version 7. Du konntest sie doch sicher kaum erwarten."

„Reine Zeitverschwendung von Euch. Version 6 war perfekt."

„Aber jetzt ist sie sicherer."

„Sie kostet uns aber drei Wochen."

„Version 6 könnte uns noch viel mehr kosten."

„Wie kannst du das nur sagen? Ihr verdammten Perfektionisten treibt mich noch in den Wahnsinn. Sieh dir das an." Sie schaltete ein Fernsehgerät ein und startete ein Video. Es zeigte Vermummte, Explosionen, Zerstörung.

„Das war gestern im Libanon."

Sie schaltete das Video ab und fuhr erregt fort.

„Der Terror hat gerade seinen Durchbruch. Eine Flut von Geld hat neue Raketen finanziert. Und die sind schon unterwegs. Wacht endlich auf ihr Schnarcher in Stanford. Hörst Du mich?"

Dann beruhigte sie sich und wandte sich Vijay zu. Der nahm den Memory Stick und präsentierte ihn auf seiner Handfläche wie einen Schatz.

„Vergiss Version 7 nicht. Und vergiss deine Risiken nicht. Hör zu. Es braucht nur einen einzigen Fehler und deine Bots verwechseln Freund und Feind. Was, wenn sie sich gegen unsere Freunde wenden? Dann schaffen sie Chaos wie nie zuvor. Schlimmer noch: du kannst sie nicht aufhalten. Nichts könnte sie aufhalten. Denk nach."

Plötzlich ließ sich Rachel in ihren Sessel fallen, erbleichte und hielt stöhnend ihren Leib. Dann schloss sie die Augen und erschlaffte. Rasch war Vijay zur Stelle, legte ihre Beine hoch, deckte sie mit seiner Jacke zu und hielt ihre kalte, zitternde Hand. Kein Zweifel: Rachel war bis an ihre Grenzen gegangen, hatte die Arbeit an den Bots aufs Äußerste vorangetrieben. Vijay sah Erschöpfung in ihrem Gesicht und er spürte ihre Angst. Was war geschehen? Wollte sie darüber reden?

Doch Rachel mochte nicht reden, als sie langsam wieder zu Kräften kam und sich zwang aufzustehen.

„Sorry Vijay. Debbie wartet schon. Lass uns gehen."

34

Eugen hatte den Teller mit den Resten seiner Mahlzeit beiseitegeschoben, um Platz zu machen für die Skizze, über der er nun brütete. Er hatte keinen Blick für das freundliche Ambiente des Faculty Club, den Bungalow inmitten von Blumen, Eichen und Pinien, noch für das freundliche Nicken der Damen und Herren, die an seinem Tisch vorbeikamen. Doch er hatte bemerkt, dass seine Gedanken in einer Sackgasse steckten und ihm auch das Flair dieses Ortes nicht weiterhalf.

So entschied er sich für einen *Walk with Bach*, einen hirndurchblutenden Spaziergang zu den Harmonien des Italienischen Konzerts. Diese Kombination von Sport & Musik hatte ihm schon oft geholfen. Er setzte

Kopfhörer auf, schaltete den Player in seiner Hosentasche an und strebte zurück zu seinem Büro.

Dort genoss er die letzten Klänge des Konzerts, wandte sich dem Bildschirm zu und erschrak. Der Bot, den er bisher nur im Detail betrachtet hatte, wirkte aus der Ferne wie ein schriller Missklang. Er murmelte:

„Wie hässlich er ist. Jetzt sehe ich's. Bach hat mir die Augen geöffnet."

Wie schon Vijay, so nutzte auch Eugen das drei-dimensionale Bild *gläserner* Module, um seinen Bot zu visualisieren. Er sah aus wie ein Schädel, dessen Innereien offenlagen. Ein Kranz von Komponenten pulsierte in grünlicher Farbe. In einem Gehirn würden sie das Cerebellum realisieren, den Sitz von Furcht und Freude. Eugen hatte dutzende von Sonden in diesem Teil gesteckt. Zu jeder Sonde zeigte ein kleines Fenster was ablief – Zeichenströme, oszillierende Muster, Alarme. Die Szene glich einem virtuellen Operationsraum. Ströme von Information rollten durch diese Fenster. Kein Zweifel also, der Introspektor arbeitete. Doch kam er voran?

Eugen prüfte die Sonden. Dann setzte er die Lupe auf eine Komponente, zoomte sich in ihre Struktur und beobachtete den langsamen Fluss hexadezimaler Zeichen an einer Schnittstelle. Als die Folge der Zeichen stoppte, hatte er Gewissheit: auch dieser Ansatz war gescheitert. Der alte Joe hatte Recht behalten.

Eugen warf sich ächzend auf die Couch und begann zu sich selbst zu reden:

„Er kommt nicht zurück. Wird nicht kommen. Kann es nicht. Der Weg ist seltsam. Meta hat keine Grenzen, keinen Horizont, ist wie eine Riemann'sche Fläche, krümmt sich, verdreht sich, ohne Anfang und Ende. Der Weg des ewigen Wanderers."

Schließlich fluchte er auf Russisch. So erleichtert, schlief er ein. Eugen verbrachte Tage in Klausur, verbissen in ein Problem, von dem er annahm, dass es von der Softwarearchitektur herrührte und deshalb lösbar war. Doch als alle Ansätze scheiterten, die ihm Hoffnung machten, beschlich ihn das Gefühl, dass er die Wurzel des Problems verkannte und deshalb seine Axt nicht anlegen konnte.

Eines Nachts ließ er sich bei Vijay in einen Sessel fallen, übernächtig, zerknittert, unrasiert. Vijay scherzte.

„Mein Freund, du siehst aus wie ein vergammelter Bot."

„Hör mir zu."

Als Vijay merkte, wie aufgewühlt Eugen war, holte er ihm einen Drink, schloss die Tür, legte die Beine auf den Tisch und schwieg. Eugen begann leise.

„Ich habe ihnen Bewusstsein und einen scharfen Verstand gegeben. Mein Meisterstück."

Vijay sah in das Gesicht eines geschlagenen Mannes, der litt. Dann brach es aus Eugen heraus.

„Ich habe sie nicht im Griff. Kann sie nicht steuern. Nicht vollständig. Nicht alle. Nicht Millionen. Niemand kann das. Vijay, sie werden uns terrorisieren ... werden schrecklich sein. Es ist nur eine Frage der Zeit."

Er legte sich auf den Boden und starrte an die Decke. Dann schrie er auf Russisch und beruhigte sich wieder.

„Der Introspektor sollte es richten. Aber falsch, falsch, falsch! Das Problem liegt tiefer – ist unerreichbar. Ich habe die Komplexität zu weit getrieben – ich Idiot. Bin nur ein Zauberlehrling."

Eugen schloss die Augen, schwieg und murmelte schließlich.

„Mein Spiel ist aus. Vijay, spiel für mich."

Vijay griff zur Gitarre und spielte die Stimme einer Kantate und sang leise dazu für seinen Gast, der reglos dalag. Dann stand Eugen schwerfällig auf und torkelte stammelnd zur Tür *Anna ... alte Weisheit ... kalos kai agathos* und verließ russisch plappernd den Raum.

35

Eugens Büro war in chaotischem Zustand: die Fenster waren verdunkelt, doch Licht brannte und schien auf den Unrat, der Schreibtisch und Boden bedeckte – Flaschen, Schachteln und Dosen, Essensreste, Papier, Kleider, Bücher. Vom Bildschirm leuchtete der Bot, doch nichts pulsierte mehr, alle Farben waren verblasst, Strukturen zerfallen. Nur eine Sonde zeigte ab und zu eine Meldung, vergleichbar einem matten Pulsschlag.

Vijay fand Eugen mit wirrem Blick auf seiner Couch liegend. Offensichtlich hatte er sich tagelang nicht gewaschen oder gekleidet – er sah erbärmlich aus. Die Augen starrten unbeweglich in die Ferne, die Lippen bewegten sich tonlos, seine Gedanken schienen in den immer gleichen Bahnen zu kreisen.

„Eugen!" Vijay schüttelte seinen Kollegen, „So geht's nicht weiter."

Ein paar raue russische Wörter waren zu hören.

„Steh auf. Jetzt sofort."

Eugen setzte sich ächzend auf.

"Kaffee."

Vijay packte Eugen unter den Armen.

„Nein, mein Freund. Was du brauchst ist ein Arzt. Du kommst mit mir. Los, beweg dich."

Damit zog er den russisch babbelnden Eugen auf und schob ihn zur Tür hinaus.

36

Bill war in Stanford eingetroffen und Vijay begrüßte ihm mit Erleichterung. Sie inspizierten Eugens Raum, sahen den Schmutz und die gequälte Kreatur auf dem Bildschirm. Der Raum wirkte freundlicher als Vijay den Bildschirm ausschaltete, und sie setzten sich.

Wenn dieser Raum ein Abbild des Projekts war, dann stand es schlecht. Bill hatte mit Rachel gesprochen, die ihm Zuversicht gab und Ungeduld zeigte. Sie hatte sich über die ewigen Spielereien in Stanford mokiert: Eugen und Vijay würden immer noch einen neuen Erker anbauen, nur weil es so schön sei. Sie hätten eben kein Gewissen, denn die Bots müssten raus, dringend.

Ganz anders hatte Betty gesprochen: Ja, das Biest sei fast fertig, aber eben noch nicht ganz. Es sei wie ein Satellit, der noch abstürzen könne. Bill solle sich an sein altes Projekt erinnern und die Biester in Quarantäne halten.

Was sollte nun gelten? Betty und Rachel widersprachen sich. Dabei vertraute er jeder von beiden. Niemand im Team besaß mehr Erfahrung. Und auch Vijay hatte bemerkt, die Bots seien nicht gut genug. Bill hakte nach.

„Was meinst du damit?"

„Oh, sie sind extrem clever, ohne Zweifel. Nie zuvor hat es Derartiges gegeben. Eugen hat Wunder gewirkt."

„So habe ich es auch von Rachel gehört."

„Sie sind clever, Bill, aber nicht weise. Sie sind wie Söldner. Es sind nur Maschinen. Sie spüren und erfahren ihre Umwelt nicht, sie stehen nicht im Leben. Diesen Makel können wir ihnen nicht nehmen."

Während sie zum Lunch im Club gingen, versuchte Bill, sich einen Reim aus Vijays Worten zu machen. Da Eugen ausfiel, musste Vijay eine größere Rolle spielen. Doch wes Geistes Kind war dieser junge Inder?

„Du sahst nicht besonders glücklich aus auf der Ranch. Vijay, was war es denn? Eugens Kabbelei mit Rachel?"

„Am letzten Abend habe ich doch gespielt und gesungen. Nein, es ist alles in Ordnung."

„Und davor?"

„Das ist eine lange Geschichte."

Vijay erzählte, dass er sich auf der Ranch gefühlt hatte wie ein frisch Verliebter, der ein noch attraktiveres Mädchen kennenlernt. Verliebt war er in seine Suche nach besonderen organischen Strukturen. Es war ganz allein seine Idee und niemand sonst verstand das Problem, für das diese Strukturen die Lösung sein könnten. Und dann kam die irre Idee der Bots, die er am liebsten selbst gehabt hätte.

Sollte er seine erste Liebe aufgeben für eine zweite? Das war es, was ihn umgetrieben hatte. Bis er erkannte, dass er beide haben konnte, eine nach der anderen. Dann hatte er zur Gitarre gegriffen.

Strukturen hatten ihn von Kindheit an gefesselt. Er war in einer mittelindischen Stadt als vierter Sohn einer buddhistischen Familie geboren worden. Seit 2000 Jahren gab es hier, im Lande Buddhas, buddhistische Enklaven umgeben von Hindus. Nur hier in der Diaspora wurden uralte Lehren unverändert weitergegeben von Generation zu Generation. Hier lernte Vijay von den elementaren Strukturen der Kreise und Bäume – den

Kreisen wiedergeborenen Lebens und den Bäumen fruchtbaren Lebens.

Er wandte sich der Biologie zu, dann deren Grundlage, der Genetik, und den Geheimissen, die in den komplexen Strukturen von DNA und RNA steckten. Er hatte eine Vermutung. Hatte Intelligenz eine Struktur, die sich in Menschen, Säugetieren und allen Wirbeltieren gleichermaßen zeigte, vielleicht sogar in Mollusken wie dem intelligenten Tintenfisch? Hatte Krankheit eine Struktur, die sich in allen Lebewesen und in all ihren Defekten erkennen ließ? Hatten Chaos und Schönheit erkennbare Strukturen? War Krankheit chaotisch und Gesundheit schön?

Solche Fragen hatten Vijay in Bann geschlagen. Dann aber gingen ihm die Augen auf. Bots mussten intelligent sein und diese Intelligenz könnte eine Eigenstruktur haben. Sie würde natürlich nicht in der biologischen Schrift von Molekülen geschrieben sein, sondern in Form von Programmen repräsentiert sein. Das war vielleicht ein entscheidender Vorteil. In den Molekülketten der DNA konnte Vijay nur Abschnitte, aber sonst keinerlei Struktur erkennen. Die Intelligenz von Bots dagegen setzte Architektur voraus, d.h. eine Fülle streng gegliederter und eng verbundener Funktionskomponenten. Ihr Verständnis könnte ihm vielleicht weiterhelfen, biologische Intelligenz zu verstehen.

37

Beim Lunch im Club redeten sie über das, was sie früh geprägt hatte. Bill sprach über das harte freie Leben auf der Farm seiner Eltern, Vijay über die strengen Regeln in seiner Familie.

„Allen meinen Vorvätern ging es um die rechte Erkenntnis und um das rechte Streben und Handeln. Auch um Ordnung."

"Gilt das auch für Dich?"

„Ja, ich gebe der Ordnung viele Namen – *Weisheit* oder *Harmonie* und ich nenne sie *Gott.*"

„Mir scheint, Bots haben in deiner Welt keinen Platz."

„Ich bin entsetzt, wenn ich in die Zukunft schaue. Bots können schon morgen Chaos stiften wie in meinem schlimmsten Traum."

„Betty hat mir gesagt, sie hätte eine neurotische Struktur entdeckt, eine ewige Schleife. Sie nannte es mentales Gefängnis."

„Es kommt noch viel dicker. In zehn Jahren werden Industrie und Militär unsere Bot-Technologie nutzen. Spätestens dann wird sie auch in die Hände von Terroristen und Verbrechern fallen. Das ist unvermeidlich. Und ich bin verantwortlich dafür. Und auch du, Bill."

Langsam begann Bill zu begreifen, dass es nicht mehr die wissenschaftlichen Qualitäten des Teams waren, die den Kurs und Erfolg des Projekts bestimmten. Es waren vielmehr die Kräfte und Motive, die Eugen, Rachel und Vijay antrieben und die unterschiedlicher nicht sein konnten. Auf der Ranch war das noch nicht zu erkennen gewesen, aber jetzt in der Krise wurde es deutlich.

Rachel wollte ihre Leute, die den Terror des Holocaust erlitten hatten, vor neuem Terror schützen. Vijay wollte sein Handeln mit seinen Glaubensprinzipien vereinbaren, wollte verstehen und Ordnung schaffen. Doch was trieb Eugen an? Gründete sein Verlangen nach seiner großen Theorie in der russischen Geschichte oder in seinen Ängsten? Bill wusste es nicht.

Er war besorgt. Die Bots waren unvollendet, ihr Architekt ein psychiatrischer Fall und der Rest des Teams strebte auseinander. Er machte sich auf den Weg zu Eugen.

38

Eugen, nun Patient in einer Klinik, saß im schattigen Garten. Sein Äußeres war gepflegt, er erschien ausgeruht und entspannt. Medikamente haben ihm geholfen. Nach einem Besuch der kleinen Bücherei blätterte er durch ein Buch des Architekten Jan Kaplicky und betrachtete gemächlich die Ästhetik seiner Fotos. Da war das Bild von einem Hai, gefolgt von einem Motorrad, einem Rochen, einer Sonnenbrille, einer Passstraße, Kieselsteinen und Wasser. Kaplicky hatte die Bilder mit kurzen, kryptischen Kommentaren versehen. Da stand: *Beauty understood by few* (Schönheit, die wenige verstehen) oder *Color, coolness, translucency and much more* (Farbe, Kühle, Durchsichtigkeit und Vieles mehr). *Seltsam*, dachte Eugen, *den Bildern hätte ich sonst keinen Blick gegönnt, Hier aber höre ich sie sogar.*

Die Bilder brachten Melodien zurück, die Eugen als kleiner Junge von seiner Mutter gehört hatte. Sie hatte ihm das musikalische Märchen *Peter und der Wolf* vorgespielt und er hatte es geliebt. Nun hört er wieder die Melodien des Vogels, der Ente, von Katze und Großvater. Die Bilder, die er sah, waren die Musik, die er hörte.

Er legte das Buch beiseite, als Bill und Vijay auf ihn zukamen, ihn umarmten und sich zu ihm setzten. Als Vijay bemerkte wie gedankenversunken Eugen war, griff er zu Eugens Buch und las den Titel *For Inspiration Only* (Nur zur Inspiration).

„Du lässt Dich inspirieren? Dann wirst Du bald gesund werden."

Eugen war alles andere als inspiriert. Im Innersten fühlte er sich von allen guten Geistern verlassen, wagte es aber nicht zu zeigen.

„Es geht mir so viel besser. Gebt mir drei Tage und ich bin wieder an der Arbeit."

Bill sah ihn an und legte ihm die Hand auf die Schulter.

„Nein mein Freund, du wirst dir Zeit nehmen. Dein Körper hat dich eine Lektion gelehrt. Du bist hier aus gutem Grund."

Sie saßen still. Eugen nickte langsam, er begriff. Dann nahm ihn Bill in den Arm.

„Geh für eine Weile nach Frankreich. Anna wird sich freuen."

Und wieder saßen sie still. Endlich drehte Eugen seinen Ring. Bills Idee hatte Charme. Da waren Menschen, die er schätzte, da war ein Ausweg. Anna. Eine Last schien von ihm abzufallen und sein Körper straffte sich. Dann klingelte sein Handy und er nahm seine Pillen.

Vijay zog Blätter aus der Tasche und reichte sie Eugen.

„Schau dir diese Schönheiten an, du wirst sie mögen. Dein Bot hat sie geschickt."

Eugen betrachtete die Bilder eines Seesterns, einer Sternfrucht, einer Lotusblüte, den Stern der Sowjets und den Stern der US Armee. Allen Objekten lag die einfache, schöne Form des Fünfecks zugrunde.

„Das verrückte Biest schickt mir Pentagramme."

Vijay: „Da hast du aber Glück gehabt, wenigstens spricht er nicht mehr griechisch mit dir."

Lachend standen sie auf und gingen durch den Garten. Bald verabschiedete sich Bill. Er wollte die Gelegenheit nutzen und Betty und Joe besuchen.

39

Betty und Joe wohnten in Venice seit die Hippies den Ort bevölkerten. Hier, wo der Freeway aus Hollywood kommend am Pazifik endete, gab es eine Kolonie kleiner Holzhäuser. Deren Bewohner hatten sie psychedelisch eingerichtet und bemalt und nicht wenige hielten eine Ziege im Garten. Die Häuschen von Betty und Joe lagen in der gleichen Straße. So trafen sie sich fast täglich, jetzt am Ende ihrer Karriere, die sie quer durch die USA geführt hatte. Joe war dankbar für Betty. Der Strand lag zwar nur einen Katzensprung entfernt, aber er war nicht mehr gut Fuß. Doch gemeinsam waren sie mobil.

Beide liebten Venice, vor allem aber Venice Beach – das Freiluft-Theater am Strand, das Hollywood-Inszenierungen oft um Längen schlug. Da waren die Rollschuhfahrerinnen, wahre Grazien in minimalen Shorts und kecken Sprüchen auf bunten Trikots. Sie schwebten entlang der Promenade voll mit buntem Volk aus den Schwarzen-Ghettos von Los Angeles.

Da waren die Basketballplätze, auf denen die Stars der Straße große Show boten. Massen umstanden die kleinen Plätze, wo mobile Soundanlagen die Luft zum Schwingen brachten und Rollschuhfahrer musical-reif tanzten. Da war Muscle Beach, wo ältere Damen jüngeren Herrn beim Body-Building zusahen. Auf dem *Ocean Front Walk* gab es Männer, umschwärmt von schwarzen Schönheiten, angetan mit rosa Anzügen, neonfarbenen Krawatten, breiten Hüten, Schmuck und Lackschuhen.

Es waren wahre Künstler des Stolzerens und Meister des Gesehenwerdens.

Betty und Joe waren zum Strand spaziert, saßen im Sand und dachten an den letzten Besuch Eugens.

Betty: „Eugen hat schon lange nichts mehr hören lassen. Ausgerechnet jetzt, wo ich mit den seltsamsten Phänomenen herumschlage. Was glaubst du, dass da los ist?"

„Hab' ein komisches Gefühl. Eugen erinnert mich aber an meine frühen Tage. Ich war ein wilder Vogel, aber das weißt du ja. Kein Projekt war zu verrückt für mich. Wenn es nicht exotisch war, hab ich's nicht gemacht. Ich glaube, Eugen ist heute noch so, will immer noch Pionier sein und Spaß haben.

„Und wie hast du die Kurve gekriegt?"

„Uns ging das Geld aus. Ein paar gingen dann an eine Uni, ich ging in die Industrie. Ich hab an Breitbandnetzen gewerkelt. Wow, das war heiß. Wir Amerikaner setzten voll auf IP, die Kanadier und Europäer wollten ihre alte Technik behalten und eine neue draufsatteln. ATM. Das ging dann in die Hose.

Da hab ich endlich die Kurve gekriegt und meine Scheuklappen verloren. Hab gelernt, dass es eine Kunst ist, ein Produkt zu machen, d.h. das rechte Ding, zur rechten Zeit zum rechten Preis, wartbar, konfigurierbar, sicher, bedienbar und so weiter."

Joe blickte aufs Meer und hing seinen Erinnerungen nach.

„Betty, ich weiß nicht, was mit Eugen los ist. Ich frage mich nur, ob er jemals ein Produkt gemacht hat. Wenn nicht, dann macht es mir Sorgen."

„Ein Produkt? Nein, das glaube ich nicht. Er hat noch immer Scheuklappen auf. Und wenn er nicht das

Ganze kriegt, dann will er gar nichts. Ich wette, wenn wir die Probleme des Motivators nicht lösen, dann steigt er aus."

„Und ich wette, deine weibliche Intelligenz hat das richtig erkannt, Betty-Baby."

2

Der Wunsch des Generals

In der Drôme

Replikation

Die Sintflut

40

Das Tor einer Tiefgarage in Kairo öffnete sich nachts und schloss, nachdem eine rasch herangekommene Limousine eingefahren war. Ihr entstieg Alam mit verbundenen Augen und wurde zum Aufzug geführt. Als ihm die Augenbinde abgenommen wurde, befand er sich in einem luxuriösen Appartement. Alam und seine Begleiter verbeugten sich, als sich eine Tür öffnete und der General seine Gäste mit gewählten Worten willkommen hieß. Er bat sie herein in einen großen Raum, ausgelegt mit Teppichen, tapeziert mit einem Blumenmuster und bestückt mit schweren Polstermöbeln um einen niederen Tisch. Es gab keinerlei Bilder, Zierrat oder Schnickschnack, von denen man auf die Herkunft oder Persönlichkeit des Eigners hätte schließen können. Man nahm Platz, ließ Tee und Süßigkeiten reichen und tauschte Höflichkeiten aus, wobei man sich mit *Freund* oder *Bruder* anredete. Nur Alam wurde mit Namen angesprochen und sein Kontaktmann, der sich Mahmud nennen ließ.

Im Voraus hatte Alam nur erfahren, dass er einen General treffen würde. Der war elegant zivil gekleidet, sprach makelloses britisches Englisch. Vielleicht war er ein Geschäftsmann, vielleicht hatte er eine britische

Militärschule besucht. Viele reiche Familien waren früh den Wirren des Nahen Ostens entflohen und hatten sich in Europa niedergelassen, so wie Alams Familie, die nach Frankreich übersiedelte. Ob der General Syrer, Iraker oder Libanese war, ließ sich weder aus seinem Verhalten noch an der Sprache erkennen. Nun wandte er sich Alam zu.

„Mein Sekretär hat mir gesagt, sie hätten gute Neuigkeiten. Darauf freue ich mich. Bitte sprechen sie."

„Verehrter General, Sie hatten ein Angebot für eine taktische, nukleare Bombe ohne Plutonium-Fallout gewünscht. Das Modell, das ich ihnen anbieten kann, hat entscheidende Vorzüge. Die Sprengkraft ist im Kilotonnenbereich äußerst variabel. Sie eignet sich also für alle taktischen Ziele, im ländlichen wie im urbanen Bereich. Sie ist robust, zerlegbar und damit hoch-portabel. Ihre Konstruktion wurde nun so stark vereinfacht, dass ihre Leute mit nur zwei Monaten Schulung auskommen werden. Die Instruktoren stehen dafür bereit. Die Schulung kann vor der Auslieferung erfolgen."

Der General nickte wohlwollend und stellte dann kenntnisreiche Fragen, so über den strahlenden Fußabdruck – die messbare Strahlung während des Transports. Schließlich fuhr Alam fort:

„Mein General, ich möchte ihnen nun eine Innovation vorschlagen, deren Überraschungseffekt die abschreckende Wirkung auch einer kleinen Bombe vervielfachen wird. Es handelt sich um einen Doppelschlag, zum einen durch die physische Wirkung von Druck, Hitze und Strahlung, zum andern durch die Wirkung chaotischer Vorgänge, wenn gleichzeitig die Kommunikationsinfrastruktur ausgeschaltet wird.

Wenn die lokalen Sondersysteme ausfallen, sind Armee, Polizei und Rettungsorganisationen gelähmt. Und ohne öffentliches Kommunikationsnetz sind Presse und kommunale Führung hochgradig behindert.

Die Kosten für die Ausschaltung einer Stadt von ca. 40.000 Einwohnern und des umliegenden Landkreises mittels eines Doppelschlags betragen insgesamt weniger als 30 Millionen Dollar. Und der Nutzen liegt auf der Hand. Die Chance der Aufklärung des Anschlags geht gegen Null. Damit steigt das Erpressungspotential. Und, mein General, sie können als Erfinder dieser Anschlagstechnik in die Geschichte eingehen.

Sollten Sie daran interessiert sein, dann schlage ich vor, zunächst ein verdecktes Manöver im kleinen Stil durchzuführen. Die Technik steht bereit und ich stehe zu Diensten."

„Habe Dank, mein Bruder, für deine großen und fruchtbaren Bemühungen. Deine Kontakte scheinen ausgezeichnet zu sein. Ich danke dir auch für das interessante Doppelschlag-Konzept. Es erscheint mir sehr flexibel. Es funktioniert wohl nicht nur mit Explosionen, sondern auch mit Gas und Bakterien. Am besten ist es, wir führen eine Fallstudie durch. Dabei können wir auch das IT-Manöver planen, das du vorschlägst. Mein Sekretär wird dich umgehend vergüten. Friede sei mit dir."

Die Besprechung war beendet. Alam verbeugte sich, zog sich zurück und seine Augen wurden wieder verbunden.

41

Mitternacht war schon vorbei als Rachel, müde und angespannt, den langen leeren Korridor zu ihrem Büro hinunterging. Mittendrin hielt sie an und öffnete die Tür zu Debbies Reich.

„Immer noch an C 121, Debbie?"

„Am Mittwoch hab ich's dann."

„Oh, gut. Super. Und jetzt geh nach Hause. ... Hast du mich verstanden? Geh endlich!"

In Rachels Büro stapelten sich Ordner, Manuale, Zeitschriften und Bücher, Ausdrucke und CDs, die Zeichen harter Arbeit über lange Zeit. Eine Lampe brannte und ein Bildschirm zeigte die unruhige Struktur eines Bot. Vijay hatte einmal bemerkt, dass Bots in Stanford aussähen wie Elben, die am MIT wie Orks. Doch diese ironische Anspielung auf Gut und Böse war lange her. Heute sah Rachels Bot wie eine Baustelle aus. Sie kannte jeden wunden Punkt des Bot, prüfte rasch die kritischen Sonden und war zufrieden – kein Defekt, kein Alarm. Sie atmete tief, massierte ihre Schläfen und entspannte sich.

Dann deaktivierte sie eine Sonde nach der anderen und schloss die Tests ab, die sie lange umgetrieben hatten. Wenige Fenster blieben aktiv – wie die Monitore zur Routineüberwachung auf einer Intensivstation – denn nur eine Handvoll Probleme waren übriggeblieben. Bald würde sie diese Version freigeben können, ein Meilenstein, den sie herbeigesehnt hatte.

Nebenbei verfolgte Rachel auf einem Fernsehgerät die Frühnachrichten aus Israel und Palästina. Für kurze Zeit sah sie einem Mann zu, der zu einer aufgebrachten Menge sprach, zu Männern mit Bärten und Männern in Uniform. Dann trat Carl ein.

Rachel: „Wie steht's?"

"Noch nicht ganz stabil. Es liegt an der Schnitt-stelle."

„Welche?"

„IMX 304. Immer die gleiche, die zum Motivator. Aber ich krieg's hin."

„Nein! Ich wette es liegt nicht an der Schnittstelle. Sag Amy, sie muss da mit ran! Sofort!"

Rachel the Whip hatte gesprochen und Carl verließ mit einem *Aye, aye ma'am* den Raum.

42

Endlich hatte Rachel Muße, ihre Emails zu lesen. Und was sie las, bestürzte sie. Sie schrie *ihr Hunde ... Schma ... oy Mame* und sackte zusammen. Dann beruhigte sie sich und betete. Schließlich griff sie zum Telefon.

"Ich bin's, Rachel ... tut mir leid ... ja, dringend ... nicht am Telefon ... ausgezeichnet ... ich nehme den frühen Shuttle ... prima ... ich bin so erleichtert ... bye."

Sie legte auf, zog einen Memory-Stick ab und nahm Geräte vom Netz. Dann presste sie die Puppe, die ihre kleine Tochter gebastelt hatte, an die Wange, küsste sie und verließ den Raum. Im Morgengrauen ging sie über den menschenleeren Campus zu ihrem Auto, vorbei an den Monumenten futurischer Architektur. Als sie einen letzten Blick auf Gehrys schwungvolle Bauten warf, die zu ihr zu sprechen schienen, straffte sie ihren Körper und hob ihr Kinn.

43

Bill begrüßte Rachel am Flughafen. Rasch gingen sie zur Limousine, deren Chauffeur die Türen geöffnet hatte. Im Wagen wurde Bill gewahr, wie erschöpft Rachel war.

Bill: „Ich bring dich zu mir nach Hause. Keine Angst, junge Dame. Du bekommst zuerst etwas Ruhe."

Später saßen Chuck, Bill und Rachel beim Kaffee um einen Tisch in Bills Wohnzimmer. Bill deutete auf Norman Rockwells Gemälde *Litte Girl on a Couch* an der Wand. Ein betrübtes, junges Mädchen im Festtagsgewand sitzt verlassen am Rand einer großen Couch. Zwei Gentlemen nähern sich vorsichtig und mit geheimnisvoller Miene – offensichtlich in der Absicht, eine verfahrene Sache wieder in Ordnung zu bringen. Sie schmunzelten, als sie das Bild sahen.

Bill: „O.k. Rachel, nun sag's uns."

„Schlechte Nachrichten."

„Nur zu, wir alten Jungs können etwas vertragen."

„Ihr werdet es nötig haben. Ich habe ein paar hundert Bots losgeschickt."

Chuck: „Sie haben also endlich das Labor verlassen? Bravo!"

„Sie waren sieben Wochen unterwegs und haben aus Palästina berichtet. Doch dann ist es passiert. Zuletzt sind sie in unseren Geheimdienst eingedrungen. Nichts kann sie stoppen."

„Das ist heiß."

„Die Information, die ich um Mitternacht erhielt, war streng geheim."

"Nun?"

„Ich erhielt Namen von Ministern, Präsidenten und Prinzen im Nahen Osten. Honoratioren, die von uns überwacht werden. Ein Bot hat uns ausgespäht."

Chuck pfiff überrascht.

„Warum tut er das?"

„Ja, warum nur? Ich weiß es nicht. Sie sollten anderes tun, die Geldkanäle von Salafisten ausspähen, zum Beispiel."

„Ein cleveres Kerlchen ist er aber, immerhin."

Rachel merkte, dass Bill und Chuck nicht verstanden. Sie hob die Hände und schüttelte den Kopf.

„Ich habe Scheiße gebaut. Es kann in einer Katastrophe enden. Ich habe Angst. Hört ihr? Angst!"

Chuck deutet auf das Bild an der Wand.

„Immer mit der Ruhe, junge Frau. Wir sind auch noch da. Sei stolz auf deinen Bot".

„Ihr könnt mir nicht helfen, meine Herren. Stellt euch vor, ein anderer als ich hätte die Nachricht bekommen."

"Könnte das passieren?"

„Ja, denn seit heute Nacht kann ich nichts ausschließen. Sie sind komplex und sie sind viele – mittlerweile tausende."

Bill und Chuck begannen die Lage zu begreifen. Software war nie frei von Fehlern, das wussten sie nur zu gut. Bots würden also mit Fehlern unterwegs sein und sie an ihre Replikationen weitergeben. Es gab nichts, was sie dagegen tun konnten.

Sie sahen auf Rachel, die still saß, und spürten ihre Einsamkeit, die Einsamkeit des Programmierers. Sie konnte sich das Fehlverhalten des Bot nicht erklären, war mit ihrem Problem allein und musste es bleiben. Nur sie kannte die Bot-Technik, durfte die Bot-Geheimnisse nicht weitergeben. Chuck hatte es so verlangt.

Sie nahmen sich eine Auszeit, standen auf, nahmen sich Kaffee, gingen vor die Tür, sahen hinüber zu den Hügelketten der Appalachen im blauen Dunst und sammelten ihre Gedanken. Endlich stellte Chuck die Frage nach dem *worst case* und beantwortete sie auch.

„Das Schlimmste wäre wohl, die Bots wechseln die Seite, arbeiten gegen uns."

Rachel seufzte.

„Das wäre mein Untergang."

Sie ließ den Kopf zurückfallen und schloss die Augen.

Bill nahm Rachel in den Arm und Chuck klopfte ihr ermunternd auf den Rücken.

Chuck: „Tut mir Leid, Rachel, ich muss weiter. Aber ich bin für dich da. Wir sehen uns."

Obwohl sie keine Lösung sah, war Rachel erleichtert. Sie hatte den Mut gehabt, die Karten auf den Tisch zu legen und die Gefahr auszusprechen. Nun stieg sie mit Bill durch unberührte Natur eine Anhöhe hinauf und sammelte sich.

„Diese Riesenmeute von Bots da draußen, sie vermehren sich wie die Kaninchen. Wenn ich sie nur alle schlachten könnte."

„Vijay wird dir helfen. Da bin ich sicher.

"Oh Gott, ich kann ihm nicht in die Augen schauen. Ich hab' solchen Mist gebaut."

„Ach was. Vertrau mir."

Im Vertrauen auf Bill, machte sich Rachel auf dem Heimweg. Bill betrachtete das verloren wirkende Mädchen auf dem Bild. Er liebte das Gemälde und nie erschien es bedeutsamer als heute.

Er zog Bilanz. Rachel misstraute ihren Bots und gab alle verloren. Sie hatte nicht in Panik reagiert, sondern kühl kalkuliert. Ihre Risiken waren enorm und wuchsen stündlich. Also mussten die Bots verschwinden, auch der letzte. Dazu gab es keine Alternative. Bots bewegten sich in der freien Wildbahn, man konnte nicht reparieren. Es ging um alles oder nichts. Selbst ein einzelner überlebender Bot würde alle Anstrengungen zunichtemachen. Er würde sich replizieren und alle seine Replikationen würden sich weiter vermehren.

Wie diese Sache ausgehen würde war äußerst ungewiss. Gut, dass Rachel nicht allein stand, das hatte Bill vor allem gewünscht. Chuck würde sie absichern, Polizei und Presse in Zaum halten, sollte es Verdacht geben oder Information durchsickern. Und Vijay würde seinen Teil beitragen, die Bots auszuschalten. Er liebt sie ja nicht. *Söldner* hat er sie genannt. Er würde eine Lösung finden und alle Last tragen müssen. Wer sonst könnte helfen? Betty kannte lediglich den kognitiven Apparat des Bot, zu wenig vermutlich. Und Eugen? Sein Zusammenbruch hatte ihn seltsam verändert. Er erschien unerreichbar.

Bill befürchtete das Schlimmste. Kein Wort davon hatte er verlauten lassen. Aber er hatte in Chucks Gesicht gelesen, was auf dem Spiel stand, sollten sich die Bots als Chaoten erweisen und die Sache schief gehen.

Vielleicht war es schon geschehen. Dann würden sich die Dinge überschlagen und Chuck wäre machtlos. Das wäre der GAU.

44

„Endlich bist du da. Lass dich anschauen und komm herein in mein Reich. Du wirst müde sein", Anna empfing Eugen mit drei Wangenküssen und führte ihn zu seinem Lieblingsplatz in die Küche.

Eugen: „Es war ein langer Flug. Aber ich bin nicht müde, ich bin nur glücklich, wieder hier zu sein."

Anna hatte sich Sorgen gemacht. Am Telefon wirkte Eugen verändert, weniger zupackend als bisher. Ihre Einladung hatte er mit spürbarer Erleichterung angenommen. Er, den seine Arbeit um die Welt schickte und bis an die Grenzen belastete, hatte Zeit. Was war geschehen?

Sie saßen sich bei Wein und Käse gegenüber und Eugen berichtete beiläufig von den Tücken der Technik und vom vorläufigen Stillstand des Projekts – von einer Pause, die er als Geschenk nahm.

Anna studierte seine Miene, die nicht zu seiner Geschichte passte. Sie blickt auf einen geschlagenen Mann und legte ihre Hand auf seinen Arm.

„Hier, auf dem Hof, am Klavier und im Garten wirst du endlich die Bots hinter dir lassen. Sie haben dich noch immer im Griff – ich spüre es. Ich habe mit Henri gesprochen, wir werden uns um dich kümmern. Er hat gleich eine Ente geschlachtet. Sieh dir das Prachtstück an."

Eugen schüttelte den Kopf.

„Nein, glaube mir, ich hab' alles hinter mir gelassen. Die Bots sind weit weg."

„Ein wenig verwandelt kommst du mir vor. Wie ein Froschkönig, der von der Prinzessin geküsst werden muss."

Sie lachten und tranken. Tage vergingen, in denen Eugen es ruhig angehen ließ, er schlief, wanderte und musizierte. Jean besuchte ihn, seine Kinder brachten Leben ins Haus und spielten mit Onkel Eugen. Dennoch erholte sich Eugen nicht, wirkte abwesend und blutleer. Er hatte die Dosis seiner Medikamente reduziert und versucht, die dunklen Tage in Stanford zu rekonstruieren, konnte sich aber auf sein Gedächtnis nicht verlassen.

Hier lenkte er sich nicht mehr ab, werkelte nicht mehr an Bots, studierte nicht mehr die Liste der Fehlermeldungen und organisierte Abhilfe. Morgens hatte er einen leeren Tag vor sich. Abends beim Wein kreisten seine Gedanken um das Projekt, das sie in den Sand gesetzt hatten. Hier erst gestand er sich die missliche Wahrheit ein. Und nun zwang sie ihn in die Knie.

Anna war besorgt, weil Eugen wenig aß und sprach.

„Schau, Eugen, viele Menschen erleiden Krisen und kommen darüber hinweg. Manche schreiben sich ihr Leid von der Seele, andere malen das, was in ihnen rumort und werden es los. Am einfachsten ist es, darüber zu reden, was dich bedrückt. Dann kommt es ans Licht und verschwindet. Was waren denn die Knackpunkte deines Bots? Lass es mich hören."

Diese Frage hatte Eugen lange aufgewühlt. Immer hatte er sie von sich geschoben und nicht die Kraft besessen, sich zu stellen. Nun sollte er darüber reden.

„Unterbrich mich, wenn ich dich mit technischen Details langweile."

„Verlass dich darauf. Ich höre zu."

„Eine Komponente des Bot heißt Motivator. Es ist ein hochtrabender Name, denn sie tut nichts anderes, als anderen Komponenten Ressourcen zuzuteilen. Er verteilt gleichsam die Energie, etwas zu tun.

Um loszulegen brauchen sie Speicherplatz, Rechenzeit und viele Rechte. Rechte, um Aufträge zu vergeben und Server zu nutzen, Rechte um in laufende Arbeiten einzugreifen und um Vorgänge zu stoppen. Ohne Ressourcen ist eine Komponente unfähig und somit unmotiviert, etwas zu tun. Ok?"

"Ok."

„Der Motivator gibt etwa dem *Goaler* die Möglichkeit, etwas zu tun. Der legt die Ziele des Bot fest. Soll der Bot herausfinden, mit wem ein Terrorist zusammenarbeitet, oder soll er vielmehr den Terroristen stören? Der Motivator legt fest, wie wichtig die Aktivität des Goaler gerade ist. Tut er Wichtiges, bekommt er viele Ressourcen.

Wenn der Goaler dann zum Schluss gekommen ist, was zu tun ist, dann denkt der Planer darüber nach, wie– d.h. in welchen kleinen Schritten – dieses Ziel erreicht werden soll. Vielleicht legt der Planer fest: durchsuche die Archive von Presse, Polizei und Geheimdienst. Um das Archiv der Presse zu durchstöbern, sind wiederum 20 Schritte durchzuführen. Der Planer generiert also einen Handlungsplan. Dafür braucht der Planer Ressourcen, und die gibt ihm der Motivator. Verstehst du?"

So, wie du es sagst, ist es verständlich."

„Nun, zu diesen Komponenten kommt eine weitere: der Introspektor – wiederum ein blumiger Name für ein Stück Software. Er ist eine Art Über-Ich des Bot. Sigmund Freud würde ihn sofort verdächtigen. Der Introspektor passt auf, dass sich die Komponenten ordentlich benehmen, ob sie zu viele Ressourcen verbrauchen. Das kann passieren, denn alle Komponenten konkurrieren."

„Mir scheint, noch hast Du nicht über dein Problem gesprochen."

„Es besteht unter anderem darin, dass auch der Motivator Ressourcen braucht, sonst könnte er nichts tun. Die Frage ist, soll er sie sich selber geben? Und wenn ja, wie viel? Stell dir vor, der Motivator wäre ein Banker, der darüber entscheiden kann, wie viel Boni er sich genehmigt.

„Ich beginne zu verstehen, wo es klemmt."

„Es geht noch weiter. Der Introspektor kontrolliert ja alles. Aber soll er sich selbst kontrollieren? Denk an Ludwig, den Sonnenkönig. Er war oberster Richter im Staat, saß allerdings nie über sich selbst zu Gericht. Dies Manko beseitigt die Gewaltenteilung der Demokratie. Ähnliches braucht ein Bot, sonst haben wir ein Problem.

Also wie viel Ressourcen braucht der Introspektor für seine Kontrollen? Und bekommt er die Ressourcen vom Motivator, den er selbst kontrolliert und den er zwingen kann? Auch ein gieriger Introspektor könnte also alle Boni kassieren und alles blockieren.

„Mir schwirrt der Kopf."

„Nur noch eine Kleinigkeit, dann hast du es überstanden. Die Umgebung eines Bot ändert sich laufend: Terrorgruppen organisieren sich neu, verwenden neue Methoden, heuern neue Leute an, operieren in neuen Städten. Wenn Bots nicht lernen, sehen sie rasch alt aus. Sie lernen zwar gut, doch sie sollen lernen, noch besser zu lernen."

Anna füllte die Gläser.

„Im Wein ist Wahrheit. Trink, mein Freund. Und nun sag mir, woran seid ihr gescheitert? Das seid ihr doch. Ich spüre es."

Sein Projekt steckte fest, wie ein Jeep im Sumpf. Es gab weder Seil noch Baum noch Helfer, es aus dem Sumpf zu ziehen.. Kein *Deus ex Machina,* kein Maschinengott würde es retten. Erst vor kurzem hatte Eugen sich das schmerzhaft eingestanden. Und doch sträubte er sich dagegen, endgültig gescheitert sein. Nie zuvor in seinem Leben hatte er endgültig verspielt und auch diesmal würde er gewinnen. Er war sich sicher: die Evolution hatte den Homo sapiens hervorgebracht und er würde die Machina sapiens, die intelligente Maschine hervorbringen – früher oder später. Anna aber zweifelte. War Eugen an einem Paradoxon gescheitert?

Alle Kreter sind Lügner. Ich bin ein Kreter. Vor 2600 Jahren hatten die Schüler des Philosophen Parmenides über diesem Paradoxon gerätselt. Waren alle Kreter Lügner, oder war diese Aussage erlogen? Sie wurde ja vielleicht von einem Kreter gemacht. War die Aussage *Ich bin ein Kreter.* bereits erlogen, denn der Sprecher war möglicherweise ein lügender Kreter? Das Problem konnte nur in der Metaebene gelöst werden, also von einem Darüberstehenden, der entscheiden konnte, ob der Sprecher log und Kreter logen. Beim Wein sprachen Anna und Eugen über Paradoxien.

Anna: „Mir scheint dein Bot steckt voller teuflischen Zyklen von der Art *Ich bin Kreter und belüge mich.* Ich bin Motivator und motiviere mich, ich bin Kontrolleur und kontrolliere mich, ich bin Lehrer und belehre mich. Steckt dein Bot im einem Sumpf von Selbstreferenzen?"

"Vielleicht. Und vielleicht sind sie teuflisch, vielleicht nicht. Ich weiß nur, unser Gehirn lässt Selbstreferenzen und weitere absonderliche Zyklen zu. Man nennt sie Neurosen. Wären sie teuflisch, wären wir wohl ausgestorben. Vor langer Zeit."

„Bist du gescheitert?"

„Im Augenblick, ja. In der Zukunft, vielleicht."

„Was wirst du nun tun?"

„Ich weiß es nicht."

Eugen atmete schwer und Anna nahm ihn in den Arm.

45

Eugen hatte schon in den ersten Tagen, die er in der Drôme verbrachte, Henri schätzen gelernt. Dass er die charmante und warmherzige Marie-Therese zur Frau hatte, sagte viel über den Bauern, der gerne die Sterne beobachtete.

Henri und Eugen sprachen keine gemeinsame Sprache und kamen sich dennoch näher. Gemeinsam reparierten sie die in die Jahre gekommenen Maschinen mit viel Witz und Verstand und geringen Kosten. Gemeinsam ernteten sie im Gemüsefeld, wo zwischen langen Reihen von Gladiolen Artischocken, Erbsen, Rüben und Zwiebeln wuchsen.

Jetzt, da Henri in Rente gegangen war, hatte er Zeit für die Computerei und betrieb sie mit Eugens Hilfe und dessen ausrangierter Maschine. Henri begann jeden Tag mit einem Blick ins Internet, um das *Astronomy Picture Of the Day* der NASA zu sehen, all die großartigen Fotos von Sonne, Saturn, Satelliten, Sonden und Galaxien.

Marie Therese hatte sich daran gewöhnt, ihn zum Frühstück zu holen, wenn er wieder in den Beschreibungen versunken war, die professionelle Astronomen und Kosmologen ins Internet gestellt hatten und die Henri automatisch ins Französische übersetzen ließ. Nicht immer gelang die Übersetzung. Dann gebrauchte er online Wörterbücher und seine Phantasie. So vergaß er über Wolf-Rayet-Sternen und Gravitationslinsen leicht das Frühstück.

Henris Englischkenntnisse machten dabei Fortschritte. Und nun hatte ihm Anna das Buch geliehen, das ihr als Mädchen das Tor zum Englischen öffnete. Auch Henri würde von Jack Londons *Call oft he Wild* (Ruf der Wildnis) gefesselt sein. Und er war es.

Eugen sprach mit Anna über Henri, dessen Kinder in der Ferne lebten und dessen Kräfte nachließen.

„Was soll werden, wenn die letzte Kuh verkauft ist?"

„Bald wird er nicht mehr im Weingarten arbeiten und seine geliebte Jagd aufgeben."

„Er will mir die Pilze zeigen, Steinpilze im Herbst und Morcheln im Frühjahr."

„Sogar die Morcheln? Dann mag er dich wirklich."

Eugen spürte, dass es hier, an diesem schönen Flecken Erde, auf Jahre hinaus Dinge zu tun gab, die er gerne tat. Hier könnte er leben.

46

Rachel und ihre Studenten hatten in Windeseile Räume für Vijay hergerichtet, einen Raum, um zu arbeiten, daneben einen, um sich zurückzuziehen. Hier, im Untergeschoss des MIT, würde Vijay ungestört sein.

Vijay, der gerade angekommen war, klopfte an Rachels offene Tür und Rachel antwortete mit einem Schrei der Erleichterung.

"Da bist du ja. Ich konnte dich kaum erwarten."

Als sie sich schamhaft abwandte, verbeugte sich Vijay.

„Ich stehe dir ganz zu Diensten. Aber es ist ja nichts los hier. Ich dachte, du sitzt hier inmitten deiner kleinen Lieblinge, spielst mit Bots auf dem Schoß."

„Mach's nicht noch schlimmer. Es geht mir miserabel."

„Kein Wunder. Du hast dir ja einen Massenmörder eingeladen. Ich werde sie alle umbringen ... das große Massaker der Bots ... Ströme von Bot-Blut ..."

„Hör auf damit. Und komm mit mir. Ich zeige dir dein Verlies."

Vijay betrat einen Raum bestückt mit Schreibtisch, Tafel, Computern und Kühlschrank.

„Ah, das Interkontinental."

"Nichts wird dich hier von der Arbeit abhalten."

Dann öffnete sie die Tür zum Nebenraum.

„Voilá das indische Zimmer."

Es nahm Vijay den Atem. Indische Figuren, Bilder, Lampen, Teppiche, Sessel und Bett bildeten ein exotisch einladendes Ambiente. Nichts fehlte: auf einem Bildschirm lief ein Bollywood-Film und eine Gitarre lehnte im Sessel. Vijay strich liebevoll über eine Buddha Statue.

„Wer hat das gemacht?"

„Meine Studenten, dein Service-Team. Sie brennen darauf, den Superstar aus Stanford kennenzulernen."

Vijay fühlte sich wie zuhause, als zwei indische Studenten erschienen, Dipal und Nomita, das Service-Team. Schon redeten und lachten sie miteinander.

Seine heikle Aufgabe forderte Vijay brutal heraus. Zu jeder Uhrzeit konnte man ihn am Computer antreffen. Oft redete er mit sich selbst, murmelte Phrasen wie *jetzt sverc-trac ...track den parse ... verdammt hat nicht synchronisiert ... jetzt zurück von meta2 ... muss es eine Ebene höher schieben ... zaro-aktivierung ... wieder zu früh ... nicht auf die Art.* Nomita und Dipal brachten Speisen und Getränke, nahmen gebrauchtes Geschirr mit, kamen und gingen geräuschlos, ohne bemerkt zu werden.

47

Nomita und Dipal servierten oft indische Speisen für ihren Landsmann. Als Vijay eines Abends den Duft von frischem Curry roch, unterbrach er seine Arbeit und sie speisten zu dritt im indischen Zimmer. Natürlich waren die Studenten neugierig, was Vijay da trieb, denn Rachel hat ihnen nichts verraten. Nun wandte sich Nomita an ihn.

„Wie verschwiegen sie sind."

„Ach, in der Tat? Du willst wissen, was ich mache. Ich bin hinter einem Mustererkenner her, nichts Besonderes also. Die werden seit Jahrzehnten gebaut und erkennen Bild- und Tonmuster zuverlässig. Aber das wisst ihr ja."

„Auch die Muster der DNA? Sie sind ja Genetiker."

„Ja. Da hat es enorme Fortschritte gegeben, das geht jetzt rasend schnell."

„Was bleibt da zu tun?"

Vijay spürte, dass er die beiden übermäßig auf die Folter spannte. Er würde ihnen gelegentlich mehr erklären müssen, doch nicht jetzt.

„Es gibt eine Klasse von Mustern, für die es nur unzureichende Verfahren gibt. Es sind keine physikalischen Muster wie Bild und Ton oder die Graphen von Molekülen. Man könnte sie als logische Muster bezeichnen. Mehr kann ich euch nicht verraten, denn ich bin auf der

Jagd nach einem Patent. Also bitte, kein Wort davon, zu niemandem. Versprochen?"

Die Studenten versprachen es schweren Herzens, denn Vijay hat ihre Neugier nicht befriedigt sondern weiter angefacht.

„Aber ein Professor im Verlies. Warum nur?"

„Verlies? Nein nein. Der Service könnte nicht besser sein."

Vijay griff zur Gitarre, spielt eine indische Weise, und sie sangen zu dritt.

Danach widmet er sich wieder seiner Arbeit – einem Mustererkenner, der Bots in allen Computern schnell und zuverlässig identifizieren sollte. Dazu wollte er Intelligenzmuster aufspüren, charakteristische Strukturen, die in Gehirnen von Menschen, Tieren und Bots vorkommen. Sein Ansatz erinnerte an die Filme der *Star Wars*, wo Scanner die Anwesenheit von Lebensformen erkennen. Doch die hätten Bots vermutlich auch nicht erkennen können.

Vijay teilte das Schicksal vieler Entwickler komplexer Algorithmen. Er war ganz und gar auf sich allein gestellt. Selbst die besten Studenten am MIT würden viele Wochen brauchen, um sich in seine Aufgabe einzuarbeiten. Er war in Schwierigkeiten. In den vergangenen Monaten hatte er seiner Leidenschaft gefrönt und nach Intelligenzmustern gesucht in Erbmolekülen und in den Hirnstrukturen, die seine Kollegen in der medizinischen Fakultät untersuchten. Er hatte nicht den geringsten Hinweis auf die Existenz solcher Muster gefunden. Auch nicht in Bots. Hier gab es zwar Strukturen zuhauf – wie in den Algorithmen, an denen er arbeitete. Eugen hatte sich über sein Interesse an den Inferenzverfahren des Bot gewundert. Sie hatten viele Stunden über das *Wesen* des Schlussfolgerns gesprochen. Doch sie kamen zu keinem Schluss.

Vijays Hoffnung lag nun in Replikationsmustern. Vermehrung durch Replikation hatte ihn fasziniert, lange bevor das Schaf Dolly geklont wurde. Deshalb hatte er seine Dissertation dem Thema *Replikationsmechanismen einzelliger Algen* gewidmet – dem Mysterium der Blüte von Rotalgen, die quasi über Nacht das Meer rot färbten. So war Eugen auf ihn aufmerksam geworden, denn auch Bots würden sich vermehren müssen – schnell und in den unterschiedlichsten Umgebungen.

Um Studenten in sein Thema einzuführen, begann Vijay meist mit der Schöpfungsgeschichte. *Am Anfang war die Erde wüst und leer. Und dann sprach Gott: Es werde Licht. Und es ward Licht.* Dies war der erste von sieben auf einander aufbauenden Schritten. Danach war die Erde fertig und fruchtbar. Auch die Hardware eines Computers ist anfangs nackt und leer. Dann bringt ihn der Urlader in drei Schritten zum Laufen, wie Münchhausen, der sich am eigenen Schopf aus dem Sumpf zieht. Ein winziges Stück Software am Ursprung lädt ein zweites Stück und dies ein Drittes. Dann läuft die Maschine.

Vijay hatte die Replikationsmaschine des Bots gebaut. Sie arbeitete rekursiv, setzte also Teile aus Teilen zusammen – über viele Stufen der Komposition hinweg – und hatte eine Besonderheit: sie replizierte sich selbst. An diesem Unikum konnte Vijay Bots sicher erkennen, so glaubte er. Doch es würde nicht einfach sein.

48

Nomita und Dipal wunderten sich jeden Tag mehr, wenn sie einen Blick auf Vijays Bildschirme erhaschten.

Einer sah aus wie ihr eigener, wenn sie Software entwickeln. Doch ein anderer sah *weird* aus, bizarr und gruselig. Hier stellte Vijay dar, wie sein Killer auf einen Bot einwirkt.

Der Killer – das waren rötliche Komponenten, die tief in die dreidimensionale, aus hunderten von Teilen aufgebaute, Bot-Struktur eingriffen. Sie glichen Viren in einem Gewebe. Wenn der Killer aktiv wurde, reagierte der Bot. Seine Strukturen änderten sich und ihre Farben pulsierten wie in einem exotischen Kaleidoskop. Bisweilen schrumpfte der Bot oder verlor den Zusammenhalt und zerbröselte. Dann wieder schien er sich in fieberhafte Aktivität zu steigern, Farbpulse durchzogen ihn wie Explosionen, bis er zu einem Häufchen dunkler lebloser Teile kollabierte. Diese Szenen wurden von Geräuschen begleitet. Es seufzte, stöhnte und brummte. Die Studenten konnten sich keinen Reim daraus machen.

Vijay las gerade die Meldung *Tod xt7317seq29*, als Rachel eintrat und flüsterte: „Alles klar mein Freund?" und wieder hinausging, als Vijay gedankenverloren nickte. Rachel erschien verändert – weniger getrieben, fürsorglicher.

49

Auch Eugen war verändert. Er war aus seinen Rollen geschlüpft, der des Projektleiters, des Wissenschaftlers und des Architekten von Kognitionssystemen. Seine Passion für Spiel und Risiko war geschwunden, sein Interesse an französischer Lebensart gewachsen. Nun sah er zu, wie Anna das Hühnchen ausnahm und die Füße entfernte, holte dann Salbei, Thymian und Estragon aus dem Garten und schälte den Knoblauch für das Mittagessen.

„Anna, hier gibt es etwas, das ich dir zeigen möchte. Es stammt von meinem Bot."

„Er hat dir also *etwas* geschickt. Weißt du denn nicht was es ist?"

„Ich bin am Ende meiner Weisheit – wieder einmal."

Anna blickt auf den Laptop auf dem Küchentisch. Da stand in großen Lettern *Protrepticos. schön.* Darunter folgten Zeilen voller griechischer Zeichen. Sie wusste, dass eine Schrift von Aristoteles den Titel *Protrepticos* trägt, las den Text und übersetzte.

„Die menschliche Weise des Philosophierens ist wahrlich das einzige Ding, das nicht vom Guten geschieden werden kann … Der ehrbare Mann, der sein Leben dem guten Denken entsprechend führt, fällt nicht dem Zufall anheim …"

Eugen: „Wahrlich wunderschön kann das Philosophieren sein."

Anna bemerkte, dass Eugen sich lustig machte, obwohl er hilflos war.

„Was findet ein Bot denn schön? Du hast ihn doch programmiert."

Eugen hatte keine Ahnung davon und beteuerte, dass er dem Bot keinen Schönheitsbegriff eingebaut habe, schon gar kein Verfahren, um Schönheit zu erkennen, zu messen und darüber zu reden. Das habe in der Terrorbekämpfung nichts zu suchen.

„Er hat aber *schön* gesagt."

Darüber redeten sie nun. Eugen glaubte, es handle sich schlicht um einen Programmierfehler. Aller Wahrscheinlichkeit nach, war der junge Bot noch mit vielen Fehlern behaftet. Doch gab er zu, dass der Bot im letzten halben Jahr eigene Wege gegangen war und niemand wusste, was er getrieben hatte. Ein paarmal hatte sich der Bot aus einer Bibliothek gemeldet, einmal sogar aus der wiedereröffneten Bibliothek in Bagdad. Vielleicht war er ja ein missratenes komisches Kerlchen und ein wenig verrückt. Vielleicht hatte Eugens neue Architektur der *Society of Mind* eine Macke. Vijay hatte sie respektlos *Gesellschaft der Geister* genannt.

Anna aber hegte Sympathie für den jungen Bot und spürte seiner Aussage nach. Ihr erster Philosophielehrer hatte Protrepticos besprochen. Und, nachdem sie die Einstiegsschwierigkeiten der Anfängerin überwunden hatte, war Protrepticos schön. Der Text hatte ihr sogar, wie von Aristoteles beabsichtigt, eine Tür zur Philosophie geöffnet. Was also hatte der Bot gefunden? War es der Charme der griechischen Sprache, der den Bot beeindruckte, die Klarheit aristotelischen Denkens oder etwas anderes?

Eugen berichtete, dass der Bot ihm noch weitere Botschaften geschickt hatte, allesamt kryptisch und unverständlich. Neulich seien es Pentagramme gewesen, die in der Form von fünfeckigen Blüten, Früchten und Kristallen vorkommen.

Anna: „Jeder kann ein Pentagramm schön finden, vermutlich auch ein Bot. Die Form ist schlicht und regelmäßig und wohl deshalb in vielen Kulturen zuhause, sogar als heiliges Symbol."

Allerdings fanden die beiden keinen Zusammenhang zwischen Pentagrammen und Protrepticos, beides Schönheiten für den Bot.

Anna: „Vielleicht hast du ja den goldenen C3PO geklont. Dieser Droid fand sich unwiderstehlich schön."

Eugen: „C3PO ist ein irrer Typ – vorlaut, ängstlich und eitel. Was wären die Star Wars ohne seine Marotten.

Weiß der Kuckuck, welches Steckenpferd mein Bot reitet. Er hat wohl auch seine Marotten."

„Hoffentlich ist dein Bot ein skurriler Typ. Dann haben wir Spaß."

Anna tat nun, was sie immer tat, wenn sie auf Neuland geriet: sie widmete sich den Begriffen, die sie vorfand. Sie war durch die harte Schule der Philosophie gegangen, hatte dabei gelernt, genau zu verstehen, was Begriffe meinen. Sie hatte einen Artikel geschrieben über den profunden Wandel des Begriffs *Freiheit* in der langen Geschichte der Philosophie.

Zwei Begriffe im Protreptikos, so glaubte sie, waren wichtig und standen noch dazu in einem Zusammenhang: Aristoteles hatte vom *guten Denken* und vom *Zufall* gesprochen. Was könnte ein Bot mit diesen Begriffen anfangen? Was wäre schön daran?

Eugen war sich sicher, dass der Bot nicht wusste, was *gut* ist, es auch nicht wissen konnte. Natürlich kannte er das Wort, aber dessen Bedeutung stand nicht im Programm – auch nicht zwischen den Zeilen. Wie sollte es auch definiert werden für eine Maschine? Das Gute? Das Schöne? Solcherlei Metaphysik war unnütz, weil nicht funktional.

Anna gab nicht auf.

„Und wie steht es um den Zufall?"

„Da steht die Sache anders. Ein Bot ist dem Zufall ausgesetzt, Programmfehlern vor allem, und er weiß das auch.

„Fürchtet er sich vor dem Zufall? Der kann ja gut oder schlecht ausgehen."

„Ich habe keine Ahnung. Du musst wissen, dieser Bot ist eine neue, höchst ungewöhnliche Kreatur. Er überrascht mich immer wieder. Mir scheint, er freut sich über Schönes. Und wer Freude hat, könnte auch Angst haben."

Anna und Eugen saßen nun zu Tisch. Die Kräuter dufteten und sie ließen sich das Huhn munden. Dabei ließ Anna ihren Gedanken noch einmal freien Lauf, und Eugen spürte, diese Frau hatte gelernt, anders zu denken als er.

50

Henri besuchte Anna in ihrer Bibliothek. Das Buch von Jack London hatte ihm gut gefallen. Er brachte es zurück und wollte ein anderes, ebenso unterhaltsam und leicht zu lesen. Er hatte mit dem Gedanken gespielt, sich ein e-Book zuzulegen, weil er darin die französische Bedeutung englischer Wörter mit einen Click nachschlagen könnte. Er hatte sich aber für ein gedrucktes Buch entschieden, führte ein Vokabelheft und las immer wieder die Wörter, die er aufschrieb. Englisch, die Sprache des Erzfeindes Frankreichs, hatte es ihm angetan. Er wollte sich mit Eugen unterhalten – nicht perfekt, aber gut genug, um ihn nach seiner Arbeit zu befragen. Bisher konnte Anna seine Neugier nicht zufriedenstellen.

„Was treibt der Mann?"

Anna: „Er ist ein Internetspezialist. Schreibt Software."

„Was für Software?"

„Ich glaube, sie schützt das Internet vor Angreifern."

„Kriminellen? Terroristen? In der *Semaine de la Drome* habe ich gelesen, die sind gefährlich."

„Du hast Recht. Auch Jean hat das gesagt."

„Eugen reist viel. Wo ist er denn zuhause? Bleibt er jetzt da? Ich hoffe es. Er ist ein netter Kerl."

„Ich hoffe es auch. Er wird wohl noch bleiben."

„Hat seine Schutzsoftware Erfolg?"

„Ich glaube sie ist ein wenig krank."

„Hat sie Bauchweh? Haha."

"So habe ich das doch nicht gemeint. Sie spinnt ein bisschen, und braucht deshalb Hilfe."

„Einen Psychiater also?"

„Ich glaube."

„Mein Bruder, Auguste, hat auch gesponnen und Dr. Philibert hat ihm geholfen."

„Wie geht es ihm jetzt?"

„Gut. Er arbeitet wieder und er mag seine Frau."

„Was hat Dr. Philibert gemacht?"

„Nicht viel. Er hat mit Auguste geredet und ihm gesagt, er wird sich selber heilen. Und so kam es."

„Ich hoffe, Eugens Software wird sich auch selber heilen."

„Das hoffe ich auch. Und jetzt gib mir nochmal ein englisches Buch."

Anna gab ihm *Tortilla Flat* (die Schelme von Tortilla Flat) von John Steinbeck. Später würde Ernest Hemingways *Der Alte Mann und das Meer* folgen.

51

Die schwarze Johannisbeere, die Königin der Beeren, war reif in der Drôme. Mit ihrer Ernte verbrachten die Menschen mehr Zeit als gewöhnlich in den Gärten, denn nur reife Beeren werden zu Marmelade eingekocht, nach den alten Rezepten, die von der Mutter an die Töchter weitergehen. Anna hatte die Geheimnisse des Cassis-Gelees von ihrer Großmutter am Herd ihrer Küche gelernt. Sie hatte nie verraten, welche Gewürze sie nahm und wie sie im Spätherbst der Marmelade noch den Geschmack von Trauben hinzufügte. Cassis, so sagte man, macht den Winter kürzer.

Wieder waren Anna und Eugen in der Küche, Eugen half und sah Anna beim Kochen über die Schulter. Wie so oft kreisten ihre Gespräche um Bots und Philosophie. Eugen genoss Annas Kommentare, die taten ihm, der sich bisweilen wie ein Gestrandeter fühlte, wohl. Dass er das Verhalten von Bots nicht ganz steuern konnte und sein großes Spiel verloren glaubte, war schlimm genug. Und nun gab ihm sein Bot Rätsel auf. Warum nur sprach er von Schönheit? Wer würde das jemals verstehen?

„Anna, sag mir, was ist Schönheit?"

Anna hielt inne und sah auf Eugen wie auf einen Studenten, der zum ersten Mal eine Frage stellt, die ihn weiterbringt.

„Das kann ich dir nicht sagen. Aber sei nicht traurig, schau vielmehr, was die großen Denker vor dir gemacht haben. Sie haben Begriffe zur Diskussion gestellt und kamen so voran. Oft diskutierten sie im Schatten von Bäumen, in antiken Wandelhallen und in Universitäten. Dort nahmen Begriffe wie *Freiheit*, *Gerechtigkeit* und *das Gute* Gestalt an. Das kannst du auch. Komm mit in mein Seminar. Dort kannst du die Frage nach der Schönheit stellen."

„Kalós kai agathós."

Eugen hatte den Ausdruck nicht vergessen. Dessen starker Rhythmus erinnerte ihn an den Auftakt zu einem Tanz von Tschaikowsky. Anna schmunzelte.

52

Vijay war in die Arbeit vertieft wie gewöhnlich, als er sich plötzlich streckte und mit einem Seufzer der Erleichterung wieder entspannte. Dann sprang er auf und griff zum Telefon.

„Rachel, morgen ist die Nacht der Killer. Alles läuft bestens, und doch habe ich Angst."

Als Rachel erschien, fuhr Vijay fort.

„Wenn du die Killer freilässt, rockt die Welt. Die Biester vermehren sich wie in einer Kettenreaktion. Du wirst eine Monstershow erleben."

Vijay erzählte, dass er vor Jahren dem schnellsten Replikationsmechanismus der Natur auf die Schliche gekommen war, der mit aberwitzigem Tempo Billiarden winziger Algen produziert. Diese Replikationstechnik hatte er nun in den Killer eingebaut und er würde das Internet in die Knie zwingen.

Rachel hörte diese Worte mit Interesse und ohne jeden Skrupel. Aus ihrer Sicht waren tote Bots besser als lebende, selbst wenn das Opfer forderte. Sie war bereit. Noch heute würde sie die Killer auf ein Dutzend Startrampen verteilen und auf die Sekunde genau loslassen. Niemand würde das MIT als Ursprung der Lawine lokalisieren können und auch das MIT selbst würde lahm liegen.

53

In den frühen Stunden des Tages hatten sich die Türen für Vijays Biester geöffnet und sie schwärmten aus. Nach dem geglückten Start hatte sich Rachel in ihr Büro zurückgezogen und Schlaf gefunden. Morgens machte sich auf zu Debbie. Was hatte sich im Netz in dieser Nacht ereignet?

Beide saßen am Terminal der Netzmanagerin und sahen sich wie im Zeitraffervideo die Zustände des Intranet an. Debbie erklärte:

„Schau, alles ist ruhig seit Mitternacht, dann aber, um 2:26 Uhr, spielt es verrückt: wilde Spitzen erscheinen und in 52 Sekunden erreicht der Verkehr ein Maximum. Alarm wird ausgelöst, alle Server blinken und dann passiert es: der Hauptkonnektor fällt aus. Seit 2:28 Uhr ist das MIT nicht mehr am Internet."

Debbie hat keine Erklärung für den heftigen Vorfall, nimmt ihn leicht und als ein Geschenk. Das Internet hat sich noch immer berappelt. In ein paar Stunden spätestens würde es zurückkommen. Heute würde sie sich also einen schönen Tag machen, zumal ihr Chor ein Lieblingsstück probt, die Missa Solemnis. Rachel aber, obwohl gewarnt, war der Schreck in die Glieder gefahren. Es war ein unheimlicher Tag. Was er wohl noch bringen mochte?

54

Rachels Team und viele Studenten drängten sich ratlos in ihrem Büro. Der Fernseher lief und zeigte CNN, den einzigen Kanal auf Sendung, obschon im Notbetrieb. Man sah die Sendung *Good Morning America* mit den Schlagzeilen: Sturzbäche von Information strömen weltweit ... dramatischer Verfall des Internet hält an ... Heimatschutz, Verfassungsschutz, Polizei, Militär und Nato sind alarmiert ... das Phänomen wird untersucht ... offizielle Erklärungen liegen noch nicht vor.

Es folgte ein Telefon-Interview mit dem Innenminister. Er stellte umständlich fest, dass er nicht in der

Lage sei, Näheres bekannt zu geben, aber alles getan
werde, die besorgte Bevölkerung zeitnah und nachhaltig
zu unterrichten. Das Internet stelle heute eine unver-
zichtbare Schlagader für Wirtschaft und Wissenschaft
dar. Jede Beeinträchtigung würde deshalb ernsthafte
Konsequenzen nach sich ziehen. Man solle aber unbesorgt bleiben. Das Internet sei ursprünglich gebaut worden, um selbst Atomangriffen zu widerstehen. Heute sei
es das widerstandsfähigste System schlechthin, das einen
Teil seiner Verletzungen selbst heilen könne. Im Übrigen
gäbe es keinerlei Anzeichen für einen terroristischen
Akt.

Menschen in Rachels Büro kamen und gingen.
Nach und nach erfuhren sie, was in der Welt passierte.
Die Unterseekabel nach Europa waren intakt, doch die
Netzknoten in London und Frankfurt waren inoperabel,
Westeuropa war seit ca. 5 Uhr vom Netz getrennt. Der
Netzdurchsatz im Mittleren Osten war stark gedrosselt
und Störungen wurden auch aus Fernost berichtet.

Alle Arten von Anlagen waren betroffen: in der
Energieversorgung, im Gesundheitswesen, im Finanz-
wesen … lediglich einige Satellitenverbindungen funktionieren nach wie vor.

Der Sender schaltete nun zur ersten offiziellen Pres-
seerklärung ins Weiße Haus. Der Sprecher berichtete,
dass das Phänomen der Netzüberlastung vor etwa 6
Stunden an mehreren Orten gleichzeitig aufgetreten sei.
Seitdem seien Experten fieberhaft beschäftigt, die Ursa-
chen aufzuklären, bisher ohne greifbaren Erfolg. Fest
stehe nur, dass es sich um einen völlig neuartigen Vor-
gang handle. Keine Art von Computer und Betriebssys-
tem scheine resistent zu sein.

Unerklärlich sei insbesondere die Geschwindigkeit mit der sich die Störung ausbreitet. Damit fielen Viren, Würmer, DDoS-Techniken etc. als Ursache weitgehend aus. Bemerkenswert sei auch, dass verwertbare Residuen, also analysierbarer Code, so gut wie nicht gefunden wurde. Die Wissenschaft stehe derzeit vor einem Rätsel, könne also nichts ausschließen, auch nicht einen terroristischen Hintergrund.

55

Endlich erschien Vijay, erholt und gut gelaunt. Die Leute betrachteten ihn mit Neugier und Rachel war froh, ihn zu sehen.

„Vijay, du siehst ein Institut im Stillstand. Nichts geht mehr."

„Dagegen können wir aber etwas tun. Ich ruf den Partyservice an und heute Mittag essen und feiern wir zusammen. So kann ich meinen Schutzengeln danken, mit deren Hilfe ich das Verlies überlebt habe."

Alle Umstehenden, auch Nomita und Dipal stimmten ihm enthusiastisch zu. Und sie drängten ihn, er solle doch auch über sich berichten, Zeit dazu gäbe es genug.

Vijay: „Gern meine Freunde. Wir können ja über ein ganz aktuelles und heißes Thema reden: über Selbst-Replikation. Wenn euch das passt. Um 11 Uhr also. Und nun an die Arbeit."

Das Büro leerte sich.

Vijay: "Ich wette, wir werden heute interessante Abendnachrichten erleben". Als er ging, fand er schon einen Aushang:

Sondervorlesung
Replikation Monozellulärer Algen
Prof. Vijay Ch. Yunus
Director Computational Genetics Center,
Stanford University CA
Heute 11:15, Raum 702

Der Raum 702 war überfüllt, als Vijay seine Rede begann und Bilder zeigte.

„Einige Algenarten vermehren sich sehr schnell, unerklärlich schnell. Einige Populationen scheinen fast zu explodieren. Bei Algen kommt es zur Algenblüte. Das Meer auf diesem Bild hat sich fast über Nacht rot gefärbt. Sehen sie hier den Einzeller, diesen Winzling, der schuld daran ist und Gewaltiges bewirkt hat.

Aber wie kann das gehen? Ich glaube, die Antwort liegt in den Genen. Wir Genetiker glauben das ja immer. So tun wir also, was wir immer tun: die Gene lesen, sequenzieren und vergleichen, beobachten, wie Algen sich teilen. Oder wir können unsere Phantasie bemühen und das haben wir getan.

Wir haben im Computer das Modell einer sehr simplen Alge konstruiert und simuliert wie sie sich repliziert unter bestimmten Randbedingungen d.h. Wärme, Licht, Nährstoffe, Kohlenstoff, Sauerstoff, Mineralien. Es hat funktioniert in der Tat, aber sehr langsam.

Mehr verstanden haben wir erst als wir die Struktur optimiert hatten, um den Energieumsatz zu mindern. Hier sehen sie 2 Strukturen. Die rechte verbraucht 10% weniger Replikations- Energie als die linke und ist darum 30% schneller. Vergleichen Sie die beiden Strukturen. Welche gefällt Ihnen besser? Vermutlich die Rechte. Sie hat die bessere Struktureffizienz. So nennen wir das.

Sie ist aber noch um Größenordnungen geringer als die Struktureffizienz der Rotalge. Doch vielleicht sind wir auf dem richtigen Weg. Es gibt noch einige Bakterien, die sich sehr schnell vermehren. Vielleicht können wir aus deren Struktureffizienz lernen. Dann könnten wir einen Quantensprung erzielen."

Vijays Zuhörer wurden unruhig. Sie spürten, Vijay sagte viel weniger als er wusste. Vermutlich nannte er Grundlagenforschung, was längst zur Technik gereift war. Diese müsste in der Nacht bereits im Einsatz gewesen sein. Nichts anderes könnte die Überflutung des Internet erklären. Vijay wurde also mit Fragen bombardiert: *Wie kann man Software replizieren? Gibt es eine Basisstruktur bzw. einen Funktionskern für Replikation? Wie könnte verteilte Replikation funktionieren? Wie funktioniert Replikation im Netz?*

Vijay trat die Flucht an.

„Ok, ok. Sachte liebe Leute, sachte. Ihr schießt gewaltig über das Ziel hinaus. Und nun ist's Mittag. Das Buffet steht im Keller bereit. Lasst uns hinuntergehen."

56

Rachel, Debbie und Vijay versammelten sich vor dem Fernseher in Erwartung der 8 Uhr Abendnachrichten über die Bots und ihre Killer. Sie würden die ganze Wucht der Lawine sehen, die sie losgetreten hatten. Nun war es soweit. Der Sprecher kam ins Bild.

„Meine Damen und Herren, die Welt ist Zeuge eines neuen Phänomens geworden. Ein virtueller Tsunami hat das Internet erschüttert. Gewaltige Ströme von Daten rasten durch Kabel, Funkverbindungen und die Glasfasern am Boden der Meere. Viele Knoten des

Netzes brachen unter der katastrophalen Last zusammen. Was da über uns gekommen ist, können wir nicht mit Sicherheit sagen."

Ein Video zeigte den verwaisten Handelsraum der New Yorker Börse, dann die aufgeregte Menge vor dem Gebäude.

„An der New Yorker Börse hat sich eine Sensation ereignet: sie blieb geschlossen. Vorher schon war der Handel in Tokyo zusammengebrochen. Der Kapitalmarkt ruht. Hören Sie nun den Direktor der New Yorker Börse:"

„Die Aktienmärkte werden nach diesem Schock einbrechen und der Handel wird 100 Milliarden Dollar am Tag verlieren. Doch alles wird davon abhängen, wie lang die Krise dauert. Die Einbrüche eines Tages werden wir auffangen können. Hoffen wir also, das Inferno verschwindet so schnell wie es gekommen ist."

Das Weiße Haus kam ins Bild, Männer in Unform waren zu sehen, Straßensperren, Polizeifahrzeuge und dutzende Übertragungswagen. Ein Hubschrauber flog tief. Im überfüllten Saal ging der Pressereferent ans Mikrophon.

„Meine Damen und Herren, Sicherheitsexperten haben einen Terrorangriff auf das Internet vorausgesagt. Ob er heute eingetreten ist, wissen wir nicht. Der Sicherheitsberater des Präsidenten schließt eine akute Gefährdung jedenfalls nicht aus. Deshalb befindet sich der Präsident nicht im Weißen Haus. Er ist an einem sicheren Ort. Der Präsident wird jedoch heute Nacht eine Rede an die Nation halten."

Die letzten Worte gingen im Tumult unter. Die Journalisten waren wütend, weil keinerlei brauchbare Information geliefert wurde.

„Gurkentruppe! Fahrt zur Hölle, ihr Penner! Wo ging die Sache los? Funktioniert das Notfall-Netz wenigstens? Wie viele Tote gibt es schon? Die NSA pennt wie immer. Fragt doch die Israelis ihr Schnarcher."

Es war Zeit für die weltweiten Nachrichten. Ein Foto zeigte das futuristisch beleuchtete BMW-Gebäude und ein Werktor, aus dem hunderte Arbeiter strömten. Dann wurde die Audioverbindung zum Reporter aktiv.

„Es ist 14 Uhr Ortszeit. Die BMW-Fabriken in München brummen nicht mehr. BMW stimmt sich mit seinen Zulieferern per Internet ab. Sie liefern *just in time*. Wenn das Internet ausfällt, läuft die Produktion noch 6 Stunden. Diese Zeit ist abgelaufen. Die Bänder stehen still und die Arbeiter haben frei. Randy Ametsbichler aus München."

Ein Reporter kam nun ins Bild auf dem Dach eines Hotels mit grandiosem Blick über Kairo. Es dämmerte.

„Der gesamt Nahe Osten liegt lahm. Mit Ausnahme vielleicht des Iran, über den wir nichts wissen. Die Länder von Marokko bis zum Irak, die Golfstaaten, Israel und wir hier in Ägypten sitzen weitgehend auf dem Trockenen. Facebook, YouTube und Twitter sind tot. Wenn nicht noch ein Satellit funktionieren würde, könnte ich nicht zu ihnen sprechen. Zwei Rundfunkstationen sind noch auf Sendung. Ohne sie und ohne ein paar intakte Fernschreibverbindungen in den Botschaften, hätte ich nichts zu berichten.

Hier halten sich alle offiziellen Stellen zurück mit Kommentaren. Doch die Gerüchteküche kocht über. Man ist sich einig, es war eine innovative super-hightech Attacke. Nur wenige Staaten oder die internationale Mafia seien dazu willens und in der Lage. Gerade bekomme ich die Meldung, dass in Israel die Mobilmachung bereits begonnen hat. Sid Seybold aus Kairo."

Rachel: „Oh mein Gott. Vijay, wie konnte das passieren?"

„Das ist hart für dich. Und gegessen hast du auch nichts. Mach eine Pause. Komm mit ins Verlies. Ein paar Köstlichkeiten sind übrig von heute Mittag."

Sie gingen hinunter, setzten sich ins indische Zimmer, Vijay spielte Gitarre und Debbie verteilte den Imbiss, die Reste aus dem Kühlschrank. Es war an der Zeit, ruhig durchzuatmen. Schließlich fasste sich Debbie ein Herz und ging an den Computer und stellte fest, dass das Netz des MIT wieder lief. Und sie bekam sogar die beliebte TV-Sendung *Frag den Bürger* rein. Das wollten sich die drei auf keinen Fall entgehen lassen.

Eine Reporterin fragte Passanten *was meinen Sie zum Internet,* hielt ihnen das Mikrophon hin und erhielt spontane Antworten.

„Wir haben die Technik nicht mehr im Griff. Zuerst stürzt ein Spaceshuttle ab, dann brennt dem Stromnetz die Sicherung durch. Jetzt das Internet. Es ist eine Riesensauerei. Alle sind nur noch auf der Jagd nach schnellem Geld. Gier. Gier. Gier! Und die Banker sind die Schlimmsten. Haut diesen Säcken eins in den Hintern."

„Ich bin überfragt. Es sieht aber wie ein Angriff von Aliens aus. Kommt aus dem Nichts. Hinterlässt keine Spuren. Es ist so anders. Außerirdisch."

„Das ist die erste Plage, die Gott der Allmächtige auf diese Welt der Sünder schickt. Merkt euch das! Bereut! Tut Buße!" Er zog ein Buch aus der Tasche und hielt es in die Kamera. „Da. Das Buch der Offenbarung. Lest das Wort des Herrn. Lest und bereut ihr Sünder!"

Die drei entspannten sich belustigt. Dann zeigte die Kamera den Ground Zero in New York. Wieder hatte sich eine Menge Menschen eingefunden, um aufzustehen gegen das Übel. Und wieder fassten sie sich an den Händen und sangen *We will overcome.*

Nun schaltete Vijay die Sendung aus.

„Wir haben es hinter uns. Rachel, die Bots sind tot und das Internet lebt."

Sie fassten sich an den Händen, erkannten einander stumm an und gingen auseinander.

Als sie allein war, griff Rachel zum Telefon.

„Ich bin's, Rachel. Bill, du hast es mitbekommen: heute war die ganze Welt unter Wasser. ... Ja, gewiss, alles geht auf unser Konto. ... Aber mach Dir keine Sorgen. Wir haben es durchgezogen. Es ist jetzt vorbei. ... Bill, ich hoffe, ich habe die NSA wieder ausgetrickst und dabei keinen Fehler gemacht. ... Bitte sag auch Chuck Bescheid – und er soll Augen und Ohren offen halten. ... Ich danke euch so viel, meine Freunde. Bis bald."

57

Nach geschlagener Schlacht räumten Dipal und Nomita das indische Zimmer und Rachel die Killer-Werkstatt. Details der vergangenen dramatischen Wochen, die sie kaum beachtet hatten, kamen ihnen nun in den Sinn. Welch rätselhaften Menschen hatten sie in Vijay erlebt. Seinem Glauben nach gehörte er in Indien einer winzigen Minderheit an. Er hatte es nach Stanford geschafft. Er beherrschte Computer souverän und hielt dennoch Distanz: er war keiner der allgegenwärtigen Evangelisten der Computerei. Die Biologie des Lebens schien ihn ebenso zu fesseln wie biologische Modelle des

Zusammenlebens in Gemeinschaft. Doch sein persönliches Ziel und seine Orientierung blieben verborgen. Nomita sprach ihre Gedanken nicht aus: *Warum geht Vijay jetzt? Ist seine Arbeit endlich patentreif? Oder hängt seine Abreise mit dem Wandel von Rachel zusammen, die nach dem Zusammenbruch des Internet wie neugeboren wirkt?*

Nun erschien Vijay, um seine Computer zu säubern. Keine Spur sollte zurückbleiben von dem, was hier gelaufen ist. Nomita und Dipal wären wohl die ersten Detektive, die ihrer Neugier nachgeben würden, die sie nur mit größter Mühe verhehlen konnten.

Wie sehr die beiden an ihm hingen, war Vijay wohl bewusst, auch dass er sie nur allzu offensichtlich an der Nase geführt hatte.

„Kommt und besucht mich in Stanford. Dann kann ich Euch ein wenig Zeit zurückgeben, die ihr für mich geopfert habt. Bleibt das nächste Semester, wenn ihr mögt."

Und ob sie mochten. Begeistert brachten sie nun das letzte Utensil, Vijays Gitarre.

Nomita: „Spiel für uns zum Abschied – bitte."

Vijay spielte und sang *If You Can Believe Your Eyes and Ears* (Wenn du deinen Augen und Ohren trauen kannst). Rachel war mit diesem Lied von *The Mamas and The Papas* aufgewachsen und sang die zweite Simme. Nomita und Dipal aber wunderten sich, warum Vijay diesen unbekannten Song spielte, und was er damit sagen wollte. War es eine Bitte, nichts zu verraten?

Sie verabschiedeten sich und ließen Vijay und Rachel zurück. Rachel trällerte *if I can believe my guys and dears...* und Vijay flachste mit ihr als *Mama Bot*. Bald gab es nichts mehr im Verlies, was an die Sintflut erinnern konnte.

Rachel: „Etwas lässt mich nicht los: wie hast du die Bots ins Visier genommen? Wie hast du es bloß geschafft, sie sicher zu erkennen? Jedes der Biester konnte ja anders konfiguriert sein. Hast du sie denn mit Schrot erschossen?"

„Es passierte in vier Schritten. Zuerst musste ich die Anwesenheit eines Bot erkennen, dann ihn ausschalten, dann alle wichtigen Teile von ihm entfernen. Und natürlich musste der Killer zum Schluss sich selbst entfernen. Es sollten ja keinerlei Indizien zurückbleiben."

„Wow. Und das klappt?"

„Wenn ein Bot im Rechner war, dann habe ich seine Anwesenheit wohl mit Sicherheit erkannt, denn es gibt so etwas wie einen Fingerabdruck, und der ist sogar schnell zu finden. Der Rest war schwieriger."

„Da musstest du wohl laufende Prozesse und Maschinencode analysieren? Ekelhaftes Zeug."

"In der Tat. Und das war auch nicht vollständig zu schaffen. Ich habe mich also aufs Wesentliche konzentriert und nur einige Komponenten komplett zerstört – bis aufs letzte Bit."

„Das Internet ist also ein großes Gräberfeld, in dem es Millionen Leichenteile von Bots gibt."

„Ganz recht. Aber nur für kurze Zeit. Alle Relikte – Leichenteile wie du sagst – verschwinden, wenn ein Rechner neu gestartet wird. Und nach der gestrigen Sintflut im Internet wird das passieren. Dann könnte man sagen, das Gräberfeld wird zum Krematorium. Weder Asche bleibt noch Knochen, Schrittmacher oder Goldkronen."

Rachel war tief besorgt. Ihre Bots hatten Spuren hinterlassen, sowohl auf ihren Wanderungen durchs Netz und überraschenderweise auch noch nach ihrem

Tod. Dennoch war sie Vijay unendlich dankbar. Er hatte ein Meisterwerk geliefert und er war zum Freund geworden. Nun lud sie ihn zum Lunch ein bei D'Amelio's und sie fuhren hinunter zum Hafen.

58

Rachel hatte Vijay nicht einschätzen können. Sie hatte erwartet, er wäre sauer auf ihr eigenmächtiges und gefährliches Vorgehen, doch er zeigte keine Regung. Seine Aufgabe im Verlies hatte er von der sportlichen Seite genommen – wie ein Schachspieler, der ein Turnier gewinnen will. Diese Haltung hatte sie nicht erwartet. Nun speisten sie *Meeresfrüchte frisch vom Boot* und Rachel sprach die Lage an.

„Der arme Eugen tut mir leid. Keiner hat damit gerechnet, dass das Projekt in dieser Weise strandet. Bist du traurig darüber?"

„Um ehrlich zu sein, die Bots lassen mich kalt, aber etwas anderes nicht. Eugen, unser genialer Meister, nennt es Wissensarchitektur. Es ist sein ganzer Stolz."

„Mein Freund, du sprichst in Rätseln."

„Kein Wunder. Eugen sprach nicht gerne darüber und wenn, dann war er nicht leicht zu verstehen. Ich kapier' es immer noch nicht ganz, obwohl wir stundenlang darüber geredet haben. Ich spüre aber, Eugen hat ein Goldkorn gefunden, das nicht verloren gehen sollte.

Er hat oft gesagt, das Internet grause ihn. Es sei zwar eine Goldgrube für Menschen, doch eine Müllkippe für Maschinen. Da gäbe es zwar massenweise Textfetzen und Wissenssplitter, doch nicht mehr als Kraut und Rüben. Das sei eine Riesenschande. Früher hätte man Wissen geschätzt, ja heilig gehalten. Jede

Bibliothek sei ein Kunstwerk gewesen. Und dann habe es diese wunderbaren Enzyklopädien gegeben, in denen man Wissen kunstvoll geordnet und liebevoll gepflegt habe. Doch heute sei nichts mehr heilig, deswegen sei das Wissen im Internet zu einer Müllhalde verkommen.

Darüber war Eugen traurig, sehr traurig. Er hatte von der Idee gesprochen, alles Wissen der Menschen zu ordnen und im Internet bereitzustellen. Das meinte er letztlich, als er von Wissensarchitektur sprach. Und nun sage ich dir etwas im Vertrauen. Ich glaube diese Ordnung, die Wissensarchitektur war der Kern seiner Theorie und die Grundlage maschineller Kognition. Bots waren für ihn nur Mittel zum Zweck, Mittel zum Test seiner Ideen. Was dich angetrieben hat, Bots zu bauen, das war ihm einerlei. Er wollte niemanden beschützen, so wie du.

Vielleicht war er mit dieser Theorie gescheitert. Vielleicht hat ihn das in den Wahnsinn getrieben. Doch davon hat er nie gesprochen."

Rachel war froh, dass sie Vijay eingeladen hatte. Sie erfuhr viel, was sie nie hätte erahnen können. Sie war sich auch ihrer Naivität bewusst geworden, mit der sie Bots ausgesandt hatte. Sie hatte sich an ihre Auseinandersetzung mit Eugen auf der Ranch erinnert. *Halbgare Bots sind ein Alptraum* hatte er damals gesagt und sie hatte diese Warnung noch im Ohr.

Das Dessert hatte gemundet. Das Mahl war köstlich. Und nun schlossen sie es mit Kaffee und Mandellikör ab. Sie hatten Wichtiges besprochen. Doch Rachel spürte eine Lücke im Verständnis von Eugen. Was hatte es mit dieser geheimnisvollen Wissensarchitektur auf sich? Sie bat Vijay um ein Beispiel.

„Gut, nehmen wir als Beispiel dein Institut. Es gehört viel dazu, es zu begreifen. Da sind Gebäude,

Räume, Möbel und Geräte, alles Dinge, die wir anfassen können. Sie können Farbe haben, Größe und Gewicht und viele weitere Eigenschaften. 100.000 Fakten kannst du darüber in einen Bot stecken. Ok?

„Kein Problem."

„Da wären aber auch noch die speziellen Methoden deines Instituts, um Probleme zu lösen, ferner Datenbanken und Computerprogramme, deine Werkzeuge zum Zusammenbauen und zum Testen von Bots. Diese Dinge sind von anderer Art: man kann sie nicht anfassen. Hardware kann dir auf den Fuß fallen, Software nicht. Sie gehören zwei verschiedenen Kategorien an, die Eugen scharf getrennt hat.

Und so weiter: Das Institut hat auch Rechte, Pflichten und Verträge, Vermögen und Schulden, Patente und Lizenzen, Abteilungen samt Aufgaben und Rollen. Das Wissen darüber fällt in eine neue Kategorie. Und das Ganze lebt – denk an all die Projekte, die gerade laufen. Nichts bleibt wie es ist."

„Millionen von Fakten also."

„Ja. Und die sollen alle in Ordnung sein. Wenn du dem Bot sagst: *mein Institut hat blaue Kinder*, dann soll er merken, dass du ihn auf den Arm nimmst oder Unsinn sagst. Wenn der Bot solchen Schrott fressen würde, käme aus ihm nur Schrott raus."

„Klar. Und das Problem hat Eugen gelöst?"

„Ich glaube es. Er hat viel von Kategorien gesprochen, ohne die wir verloren wären, und von wichtigen Aspekten, vom Aspekt der Struktur zum Beispiel. In deinem Institut gibt es Gebäudestrukturen, Personalstrukturen, Projektstrukturen, Softwarestrukturen, Finanzstrukturen, strukturierte Abläufe. Das Institut ist übrigens selbst Teil einer größeren Struktur."

„Genug, genug. Ich beginne zu begreifen, was es heißt *ein Institut begreifen.*"

Nun war Vijays Zeit in Boston abgelaufen. Bald würde er im Flieger nach San Francisco sitzen. Sie brachen auf zum nahe gelegenen Logan Airport.

59

Rachel: „Schade, dass ich Eugen nicht so gut kennengelernt habe wie du."

"Er ist in der Tat ein ungewöhnlicher Mensch, geprägt von einer fremden Welt. Im Club der Fakultät hatten es ihm die Cocktails angetan. Da kam er ins Reden und hat mir aus seiner Zeit erzählt.

Er hatte einen wunderbaren Lehrer namens Siebenlist, dessen Familie aus Deutschland zugewandert war. Der hatte in Berlin studiert und wollte Eugen Latein und Griechisch beibringen – stell dir das vor. Solch bürgerliche Bildung war nicht im Sinne von Väterchen Stalin. Siebenlist hatte damit sein Leben riskiert und schließlich verloren. Er war es, der Eugen die aristotelischen Kategorien erklärte – eine der großen Errungenschaften der Menschheit.

Eugen sprach von der Perestroika, von der Auflösung der UdSSR und der Abwicklung seines Instituts, die seine letzten Kräfte forderte. Danach aber bekam er die Muße, nach der er sich gesehnt hatte, um sich dem letzten und schwierigsten Teil seiner Theorie zu widmen.

Er fühlte sich wie ein Bergsteiger, der die Erstbesteigung eines Berges plant, einer der um die erfolglosen Routen weiß und an eine neue Route glaubt – schwierig und riskant zwar, doch elegant und einladend, endlich begangen zu werden. Allein, ohne seine Mannschaft würde er wohl scheitern, das wusste er. Doch er konnte nicht anders, dieser Berg hat ihn unwiderstehlich gerufen."

„Es ging also um die Wissensarchitektur?"

„Ja. Sie sollte wie einen Schlussstein den großen Bogen schließen, den seine Theorie schlägt, um von nackter Hardware zu einer Maschine mit intelligentem Verhalten zu kommen. Es würde der Höhepunkt seines Lebens sein. Wissen stünde dann in idealer Form bereit. Damit könnte man fehlerfrei denken und sehr schnell lernen. Und die künstliche Intelligenz, seine geliebte Disziplin, würde nach Jahrzehnten kümmerlichen Fortschritts wieder aufblühen.

„Ein Mann mit einer wahrhaft großen Idee."
„Dafür bewundere ich ihn. Von der Schönheit seiner Kategorien hat er gesprochen: *jede von ihnen ist notwendig und alle zusammen sind hinreichend. Und nichts bleibt im Dunkel.* Rachel, ich wollte, ich hätte ihn besser verstanden."

3

Die Philosophin

Klausur in Venice

Zahl des Lebens

Der Blog des Bot

60

Das Seminar fand in Grenoble statt. Anna und Eugen betraten einen dunkel getäfelten Raum mit großem Tisch und Stühlen rund herum. Ältere Personen und junge Studenten, manche mit afrikanischen Wurzeln, waren bereits versammelt. Sie grüßten Anna herzlich, die ihren englisch sprechenden Gast vorstellte.

Anna: "Meine Freunde, bevor wir uns wieder der Ethik des Aristoteles zuwenden, sagt mir, warum kommt ihr her, was gefällt euch an seiner Philosophie? Das wird Eugen, unseren Gast, interessieren. Er fragt sich nämlich, warum man philosophieren soll. Über diese Frage hat übrigens Aristoteles mit seinem Freund Themison gesprochen. Und hier ist es aufgeschrieben."

Sie zeigte ein kleines Buch mit dem Titel Protrepticos und legte es beiseite.

Anna: „Was ist es also, das euch herbringt?"

Viele taten sich schwer, ihre Gedanken auf Englisch zu artikulieren und sprachen mit französischem Akzent, aber weil sie sich aushalfen, behinderte sie die fremde Sprache kaum.

Pierre: „Aristoteles ist ein faszinierender Typ – er erklärt mir die Welt und das Denken. Ich möchte so denken können wie er."

Amelie: „Ja, es ist aber komisch. Er spricht zum Beispiel von Glückseligkeit. Was soll denn dieser verstaubte Begriff, denke ich. Mystiker sind vielleicht glückselig oder Kokser auf dem Trip.

Dann aber erklärt er genau und systematisch, was er meint. Dabei verwendet er Begriffe, die ich nicht kenne, spricht vom *Tätigsein der Seele gemäß der Vernunft*, von äußeren, körperlichen und seelischen Gütern, von praktischer und theoretischer Lebensweise, von verschiedenartigen Tugenden und von Gerechtigkeit.

Das ist wie Chinesisch und ich muss es mir in meine Sprache übersetzten. Wort für Wort. Dann erst merke ich: das ist brillant, zwar 2500 Jahre alt, aber ganz aktuell."

Mokhtar: "Ja, brillant ist er. Aber ich muss mich verdammt plagen, er ist so anders, so tiefgründig. Kein Hype, keine Show. Genau das mag ich."

Marie: "Ich mag das auch. Doch leider komme ich nur im Schneckentempo voran. Was meint er zum Beispiel mit *Seele*. Er ist ja Wissenschaftler und kein Theologe. Meint er Psyche oder Intellekt oder was? Ich suche und suche dann und denke nach, und entdecke Schönes."

Michelle: „Warum ich herkomme? Ich möchte wissen, was man tun soll. Die Leute tun, was sie wollen. Oft tun sie Schlechtes. Aber was ist heutzutage gut? Steht das in der Verfassung? Oder bei den Philosophen? Ich möchte Kant lesen, zuerst aber kommt Aristoteles."

Raschid: "Ich hab' schon alles Mögliche gemacht. Hab' mich bei den Islamisten rumgetrieben und bei den

Rechten. War immer auf der Suche nach Rezepten, einfachen Formeln und ewigen Wahrheiten. War aber nix. Hab' nie was gefunden. Jetzt bin ich hier. Und hab' schon was gefunden. Mir ist ein Licht aufgegangen: was ich gesucht habe, kann man nicht finden. Die simplen Wahrheiten gibt's ja gar nicht. Ist doch Klasse, oder nicht?"

Anna lobte nun die Runde: „Ihr wart großartig", und fuhr mit dem Seminar fort, während Eugen die Miene eines verwirrten Skeptikers aufsetzte. Dann kam sie zum Schluss.

„Nächste Woche werden wir über Ibn Sina reden. So wurde der Philosoph Avicenna vor tausend Jahren in seiner Heimatstadt genannt, in Buchara, einer alten Stadt an der Seidenstraße gelegen. Dieser islamische Gelehrte war der größte Geist seiner Zeit. Er hat Aristoteles ins Arabische übersetzt und deshalb verdanken wir ihm viel."

61

Anna hatte eine alte Bar ausgewählt, um über das Seminar zu reden. Die Stuck-verzierte Decke und die dunkle Täfelung der Wände machten sie zur guten Stube, die Lampen aus bunt-gefärbtem Glas und die Reihen von Flaschen vor Spiegeln gaben ihr Esprit. Emaillierte Reklameschilder erinnerten die Gäste daran, was ihre Väter und Mütter am liebsten tranken und rauchten.

Von diesem charmanten Ort, an dem sich mittlerweile viele der Seminaristen eingefunden hatten, blieb Eugen unbeeindruckt. Das Seminar hatte ihm nicht geholfen, dem beizukommen, was er für sein Problem hielt. Er hatte Meinungen und Persönliches gehört, doch Fakten fehlten. Noch immer hatte er keine Ahnung, was seinen Bot veranlassen könnte, zu sagen: *Protrepticos ist schön*. Da Eugen darüber laut und aufgeregt mit Anna sprach, war er schnell umringt von neugierigen Seminaristen.

Amelie: „Ah, die Schönheit ist das Problem. Das ist es doch. Oder nicht?"

Eugen: "Das Werk des Aristoteles ist schön. Das sagt ihr doch. Aber warum ist es schön? Zeigt es mir. Beweist es. Ich wette, ihr könnt es nicht."

Diese Attacke verblüffte, schüchterte aber nicht ein, am allerwenigsten die Damen.

Amelie: „Schönheit beweisen? Du bist verrückt. Ich weiß was schön ist. Das ist alles. Die Liebe ist schön. Das soll ich beweisen? Ha."

Dabei legte sie ihren Arm um Eugen und küsste ihn und alle lachten.

Marie: „Ich glaube ja, der Herr Eugen ist auf der Suche nach einer Formel, der Schönheitsformel. Wenn eine Kiste einen Meter lang ist, einen halben Meter breit, symmetrisch und golden schimmernd, dann ist sie schön. Ha."

Wieder lachten alle. Doch Eugen stimmte zu. Die Schönheitsformel könnte er in der Tat gut gebrauchen. Es müsste eine genaue Formel sein, die ein Computer berechnen kann. Michelle fand das *drôle*, echt komisch, und erlaubte sich wieder einen Spaß:

„So, die Formel ist also notwendig. Aber warum? Zeig es mir. Beweise es. Ich wette, du kannst das nicht."

Michelle hatte die Lacher auf ihrer Seite, Eugen fühlte sich bedrängt und kippte sein Glas um. Nun ergriff Amelie seine Hand zum Trost und zur Beruhigung.

„Schau mein Freund, du liebst es zu wissen, ich liebe es zu fragen. Du liebst es, Dinge zu meistern, ich liebe es zu erproben. Und zwar auf vielerlei Weise. Ihr Männer und wir Frauen sind eben verschieden."

Amelie legte Eugen noch ihre Hand auf die Schulter und wünschte ihm mit einem *Bon Courage* Mut und Erfolg. Dann gingen sie auseinander.

62

Für die Heimfahrt hatte Anna eine spektakuläre Route gewählt. Sie fuhren durch die Schucht der Bourne, die eine Reise wert ist. Weder der Himmel über ihnen noch der Fluss tief unten waren zu sehen von der Straße, die sich durch Tunnels dem Fels entlang bergab windet. Dann parkten sie und ließen sich von der grandiosen Szene beeindrucken. Eugen beneidete die schwitzenden Radfahrer, die das Naturwunder so hautnah erlebten.

„Schön ist es hier. Großartig."

„Oh, ein Wunder ist geschehen: ein Bot und sein Meister reden über Schönheit. Ha."

Lachend fuhren sie weiter. Es ging hinunter zum Fuß der Schlucht, weiter durch die Dörfer am Rand der Alpen, danach wieder bergauf, und schließlich hielten sie auf dem abgelegenen *Col du Pionier* (Pass des Pioniers) an. Hier setzten sie sich und genossen den weiten Blick ins Land. Er inspirierte Anna zu einem Blick zurück Wo kam Eugen her? Sie wusste so wenig von ihm.

63

„Du hast mir einmal von den Anfängen der Künstlichen Intelligenz erzählt und vom Beginn deiner Arbeit. Expertensysteme sollten harte Probleme lösen und dabei die Menschen überflügeln. Erinnerst du dich daran?"

„Gut sogar. Zwar hatte sich das Drama im Westen abgespielt, aber auch ich war begeistert von den Ideen, dem Aufbruch und den Hoffnungen auf eine ungeahnte Neue Welt. Die Amis träumten vom intelligenten automatischen Büro, die Deutschen von der intelligenten automatischen Fabrik. Auch an den Rummel und den Schwindel erinnere ich mich. Deswegen ging dieser Goldrausch in ein paar Jahren vorbei."

„Warum ging er vorbei?"

„Wenn ich es recht bedenke, dann waren alle nur auf der Jagd nach dem Einen: nach der stärkeren Logik und dem schnelleren Kalkül. Sie glaubten also an die Maschine, genauer an die Stärke der Maschine. Sie favorisierten die Strategie der *brute force*, der rohen Gewalt. "

„Warum taten sie das?"

„Diese Strategie war einfach und plausibel. Die größte Rakete würde den Mond erreichen, das stärkste U-Boot den Krieg entscheiden und der schnellste Computer Schachweltmeister werden. Die meisten waren eben überzeugt: *viel hilft viel*. Sie waren damit aber auf der falschen Spur, fuhren wie auf Schienen durch die Schlucht. Kaum einer wollte bremsen oder konnte abbiegen."

„Wie erging es dir dabei?"

„Ich hatte Glück, das ich, genau genommen, dem sowjetischen System verdanke. Unsere Computer waren damals nicht gut genug und ich hatte den Verdacht, sie würden niemals gut genug sein. Ich hatte Recht, Anna, sie sind es heute noch nicht. Ich musste mir deshalb einen anderen Weg einfallen lassen. Ich setzte nicht auf Muskeln, ich setzte auf Köpfchen. Darüber werde ich ein andermal erzählen."

Eugen lehnte sich zurück, sah über die Hügel ins
nun liebliche Tal der Bourne und dachte an Anna. Diese
erstaunliche Frau hatte ihn mit in ihr Seminar genommen. Dabei hatte er von der Liebe zur Philosophie gehört und den Spott von Amelie, Marie und Michelle erfahren. Und hier wollte sie mehr über seine Befindlich-
keit wissen. Eugen spürte, dass Anna sich um ihn kümmerte und nahm sie in die Arme.

„Anna, komm mit mir nach Buchara. Ich kenne die
Schönheit der uralten Stadt und weiß, du wirst sie mögen."

"Buchara, Ibn Sina – das wäre wunderbar".

64

Chuck gehörte keiner der Mammutorganisationen an,
die sich um die Sicherheit der USA kümmerten. Er arbeitete in einem kleinen aber feinen Institut, das sich mit
der Analyse strategischer Bedrohungen befasste und mit
den Möglichkeiten ihrer Abwehr. Institute dieser Art
hatte es schon früher gegeben, die Rand Corporation
etwa, wo die Architektur von Kommunikationsnetzen
revolutioniert wurde. Nachrichten wurden in kleine
Häppchen aufgeteilt, die selbständig ihren Weg durchs
Netz zum Ziel finden und sich dort vereinen würden.

In Chucks Institut befasste man sich mit den
Schwächen des Finanzsystems, des Energiesystems und
des politischen Systems. In jüngster Zeit richtete man
den Blick auf die Zukunft des Systems für nationale Sicherheit. Dieser *Thinktank* – Denkfabrik und Lobby zugleich – war gut finanziert, dem Blick der Öffentlichkeit
entzogen und in nächster Nähe von Kongress und Wei-
ßem Haus gelegen.

Chuck war tief beeindruckt vom Treffen mit Rachel bei Bill nach Hause gefahren. Die Bots hatten die CIA geknackt und Spitzeninformation geliefert. Wenn er nur Bots hätte. Er würde sie lieber heute als morgen auf die NSA ansetzen. Seine Vertrauensleute dort hatten ihm von einer Untersuchung mit dem Decknamen *Chimäre* berichtet. Niemand wusste, ob man ein Fabelwesen untersuchte oder einem Trugbild aufsaß. Man wusste nur, dass Daten durchs Netz geisterten, die nicht einzuordnen waren. Bei diesen seltenen Erscheinungen handelte es sich nicht um bekannte Datentypen wie Text, Bild, Ton und Video. Alle Entschlüsselungsversuche waren fehlgeschlagen und Bewegungsmuster nicht zu erkennen. Vielleicht handelte sich nur um unbekannte Störungen. Doch Unbekanntes im Netz konnte und wollte die NSA nicht akzeptieren.

War die NSA Rachels Bots auf die Spur gekommen? Chuck hätte gerne einen Bot eingesetzt, um darauf eine Antwort zu finden. Insgeheim.

65

Chuck hatte Rachel, Betty und Joe, Vijay und Bill in sein Büro aus Glas und Stahl eingeladen. Zunächst ließen sie das vergangene Jahr Revue passieren: Eugens Scheitern, Rachels Risiko und Vijays Rettung. Es war eine dramatische Zeit, die allerdings weit weniger dramatisch verlaufen wäre, hätte sich die Bot-Technologie nicht als so außerordentlich stark erwiesen. Davon war Chuck überzeugt. Nun richtete er den Blick in die Zukunft und präsentierte seine Sicht der Dinge.

„Die teuren und überlegenen Bot-Technologien dürfen auf keinen Fall brach liegen bleiben – Bots sind derzeit wichtiger denn je."

Die Nachrichtendienste lieferten alarmierende Informationen. Die Terrorszene war im Umbruch, sie globalisierte sich. Zwar würde es weiterhin religiös oder regional motivierte Attentate geben, jetzt aber stiegen internationale Banden ein, die Drogenhandel, Menschenhandel und Geldwäsche betrieben. Sie hatten Geld und wollten mehr.

Sie beherrschten das Geschäft der Erpressung durch Einschüchterung und ihr Drohpotential nahm zu. Jede politische Instabilität spielte ihnen in die Hände. In jedem Krisengebiet und in jedem schwachen Staat konnten sie eingreifen, sie waren stark genug. Sie kontrollierten bereits riesige Gebiete und verdienten an Opium, Erdöl und seltenen Metallen. Nun bemühten sie sich um Lenkwaffen, Drohnen, taktische Plutonium-Bomben und Cyber-War-Technologien. Und die alten Waffenschmieden des Ostens liefern sie. Entwicklung und Fertigung passieren im Verborgenen. Nicht nur in zerrütteten Staaten wie Somalia, sondern an angenehmeren Orten, wo sich mittels Bestechung und Einschüchterung jede staatliche Kontrolle ausschalten ließ.

Chuck: „Das war vorauszusehen. Was wir nicht vorausgesehen haben ist, dass es so rasch passieren würde. Kein Zweifel, da sind Spitzenleute am Werk und sie werden uns bald zeigen, was sie können. Wenn sie ihre Folterwerkzeuge herzeigen, läuft das Geschäft. Noch wissen wir nicht, wer die Akteure sind und was sie planen. Deshalb brauche ich Bots, meine Freunde."

Hier unterbrachen sie die Sitzung. Das Team diskutierte Chucks Wunsch, während er ein Video vorbereitete.

Zu Beginn sahen sie das Berliner Kongress Zentrum, in dem die jährliche Chaos Computer Convention (CCC) stattfand. Es ging informell zu. Hacker arbeiteten, aßen und schliefen im Gedränge, das manche die Hackerolympiade nannten.

Nun kamen Jean und Wacko ins Bild. Chuck: „Der mit der Jacke ist Jean. Franzose. Toller Typ. Hat Eugen für uns entdeckt. Der mit der Tätowierung ist Wacko. Deutscher. Verrücktes Huhn. Hat das *Sintflut Archäologie Netzwerk* gegründet. Doch seht selber."

Wacko trat an ein Rednerpult und sprach zu einer Menge, in der sich auch indische, chinesische und orientalische Gesichter fanden.

Er scherte sich keinen Deut um korrektes Benehmen, unterhielt sein Publikum glänzend mit Witzen über die Sintflut. Dabei zeigte er auch ein Bild von sich, wie er – tätowiert und in Schafsfelle gehüllt – Holz hackt. So sang er das Hohelied auf sich, den Höhlenmenschen, der überlebt, selbst wenn Internet und Fernheizung ausfallen.

Elegant leitete er dann über zum *Deluge Archeology Network* (Sintflut Archäologie Netzwerk) in dem sich schon 2.000 Computer-Nerds, die Archos, tummelten. Als eine moderne Arche Noah, sollte das Archo-Netz die Computerwelt retten. Dabei rief Wacko mit einer großen Geste die Computer-Gurus der Welt zur Solidarität auf nach der Melodie der Internationalen:

„Es rettet uns kein höh'res Wesen,
kein Gott, kein Kaiser noch Tribun.
Uns von der Sintflut zu erlösen
können wir nur selber tun!"

Während Wacko sang, standen alle Archos im Saal auf, sangen mit und endeten in einem Beifallssturm. Betty war begeistert:

„Was für ein Evangelist. Saugeil. Der wird eine Million Jünger haben."

Chuck stoppte das Video.

„Sie suchen weltweit nach Computern, die während der Sintflut auffällig geworden sind durch Hardware-Fehler, irreguläre Sicherungen, Speicherauszüge, etc. Sie glauben, so lassen sich ungewöhnliche Reste der Sintflut finden, entziffern und rekonstruieren."

Vijay lachte.

„Diese verrückten Hühner. Sie kratzen und scharren und freuen sich über ein Korn. Aber einen Bot kann man nicht finden, weder Arm noch Bein, weder Auge noch Ohr. Gehen wir nach Hause."

Doch Chuck bremste Vijay. Niemand könne mit Sicherheit wissen, ob es nicht doch Reste gäbe, vielleicht sogar einem funktionierenden Bot. Und was wäre, wenn ein Genie da draußen die Bot-Technik knackt.

„Unsinn. Aber was schlägst du vor?"

"Die Sintflut, Vijays Tsunami, war die größte Show des Jahrzehnts, eine krachende Werbung fürs Hacking. Du hast alle Hacker gierig gemacht. Deshalb bin ich gierig nach Bots."

Betty: „Vergiss das. Ich weiß, warum Eugen verrückt wurde, ich selbst war kurz davor."

166

Chuck: „Eugen ist mir egal. Ihr aber: haut euch rein. Verdammt. Und liefert endlich."

Bill hatte das Treffen schweigend verfolgt. Wie Chuck hatte er den Ernst der Lage gesehen, aber auch in den Gesichtern seines Teams gelesen.

Vijay hatte die Bots mit großer Genugtuung ausgerottet. Dass er dabei Rachel half, war ohne Bedeutung für ihn. *Söldner* hatte er die Bots genannt – daran erinnerte sich Bill gut und er zweifelte. Würde Vijay, der Ästhet, Chucks Auftrag ernst nehmen?

Und Betty? Sie stand Eugen am nächsten. Sie könnte vielleicht die Bots entschärfen die gefährlichsten Komponenten ausbauen. Aber würde sie, eine Perfektionistin, den Krüppel bauen wollen, vor dem schon Eugen gewarnt hatte? Und was, schließlich, würde Rachel tun? Ihr Einsatz für ihre Familie und Tel Aviv war gescheitert. Wäre ein abgehalfterter Bot für sie wertvoll? Oder wäre er nur ein neues Risiko ohne Aussicht auf Gewinn.

Bill sah, da gab es nichts, was dieses Team noch zusammenhielt. Seine Kraft war passé. Ein paar Tage auf der Ranch in Arizona würden ihm wohltun. Dennoch würden neue Bots vermutlich bleiben, was sie waren: eine Illusion, geboren in Chucks Welt aus Stahl und Glas.

Chuck hatte das Treffen ohne Ergebnis geschlossen, seine Gäste zum Fahrstuhl begleitet und verabschiedet. Als sie auf der Straße auseinandergehen wollten, hielt Rachel inne.

„Meine Freunde, noch nie war ich Teil eines aufregenderen Projekts. Ich weiß nicht, wie es Euch geht, jetzt, da es stirbt. Nein, ich glaube nicht, dass wir liefern können, was Chuck will. Doch lasst uns noch einmal in Ruhe zusammenkommen. Lasst uns eine Idee entwickeln oder das Projekt in Würde begraben. Bill, lasst uns ein letztes Mal nach Arizona gehen."

Doch Joe hob die Hände.

„Habt Erbarmen, ich mag nicht in die Wüste gehen, Washington ist schlimm genug für einen alten Mann. Kommt zu mir nach Venice, aber kommt nicht ohne Plan. Hört ihr?

Ihr alle sollt euch gut überlegen, was ihr selbst am liebsten tun wollt. Erst wenn ihr das wisst und in Ruhe darüber geschlafen habt, dann kommt nach Venice ans Meer.

Die Bot-Technik ist ein Scherbenhaufen. Das ist die bittere Wahrheit und ihr wisst es. In Venice werden wir einander ins Herz sehen. Dann erst werden wir daran denken, was Chuck will. So, und nun will ich endlich nach Hause. Gehabt Euch wohl."

Joe winkte sich ein Taxi herbei und fuhr zum Flughafen.

66

Wie immer im Herbst war Annas Garten ein wenig unordentlich. Unkraut wuchs auf abgeernteten Beeten. Die Gewächshäuser waren voller Gestrüpp. Die Ranken der Brombeeren waren zur vollen Länge ausgewachsen, auch die Triebe der Kürbisse und Zucchini. Blätter, Stängel, Kraut und Rüben, Bohnen, Blumen wuchsen ineinander.

Eugen saß auf der Bank neben dem alten Brunnen und blickte auf die Fülle der Gewächse und Früchte. Junge Katzen spielten mit einem Knäuel Schnur. Papier lag neben ihm. Anna kam hinzu und setzte den Korb mit ihrer Ernte des Tages ab. Dann holte sie die Post, Briefe und eine Zeitschrift, und setzte sich zu Eugen. Beide erfreuten sich am friedlichen Zauber des Gartens auf dem Höhepunkt des Gartenjahres.

Anna griff zur Zeitschrift und studierte deren schrilles Titelbild. Ein Wasserfall war da zu sehen, der in die Rohre eines Netzwerks strömt. Der Druck darin war so groß, dass sie die Rohre aufblähten, Rohrverbindungen aufrissen und kleine Fontänen verspritzten. Dieses Netz, so schien es, konnte jederzeit platzen. Darüber stand: *Wer schuf die Sintflut?* Anna reichte Eugen das Blatt.

„Voilá. Die Jagd hat begonnen."

Eugen blätterte darin und warf das Heft verächtlich weg.

„Ja, tausend Jäger sind unterwegs, aber die Beute ist nicht zu fassen."

Als sie die Post gesichtet hatten, reichte Eugen Anna einen Stapel Papier.

„Schau, wir haben weitere Post bekommen, Bilder ohne Worte, von meinem Bot."

Beide betrachteten, was ihnen wie ein beliebiges Konglomerat von Objekten vorkam – mehr zufälliger Mischmasch als ausgewählte Kollage. Da waren die elementaren Formen einzelner Blumen, Blüten, Früchte und Blätter. Da waren die sich gabelnden, verzweigenden Strukturen: das Adergeflecht im Flügel einer Fledermaus, die sich verzweigenden Äste eines Ahorns und die Rippen seines Blatts. Es gab Spiralen in Hülle und Fülle, die einer Galaxie, eines Schneckenhauses und eines Fruchtstandes der Sonnenblume. Anna breitete die Blätter auf dem Boden aus.

„Seltsam. Bisher hat dein Bot geometrische Figuren geschickt – Menschengemachtes, einfache Artefakte. Heute dagegen sind es Dinge der Natur. Mir scheint, er wächst heran."

Eugen lachte.: „Du sprichst ja wie von einem Kind."

Wieder betrachteten sie die Bilder auf dem Boden und Anna stellte fest, kein einziges war hässlich, alle waren schön.

"Gut, sie sind schön. Aber was ist das Besondere daran? Was ist der Vorzug der Schönheit?"

"Ich glaube, etwas ist schön, wenn es gesund und intakt ist. Schönheit ist ein Zeichen des Lebens und der Hoffnung."

Dann nahm sie den Kopf eines Brokkoli aus dem Korb und setzte ihn Eugen auf den Schoß. Seine wunderbare fraktale Oberfläche war ihr Beweis. Dazu reichte sie Eugen einen reifen Apfel.

„Sieh. Er ist schön und gesund."

Eugen betrachtete die schöne Frucht und biss hinein. Anna ging davon und ließ ihn nachdenklich zurück. Eugen dachte an die Tage, die er in der Klinik verbrachte. In der kleinen Bücherei hatte er viele Bücher durchgeblättert und war an dem Buch eines Architekten hängen geblieben. Tagelang hatten ihn die Bilder von Sportlern, Autos, Beduinenzelten, Schiffskabinen, elektronischen Schaltkreisen, Brücken und Hochspannungsmasten angezogen. Langsam nur hatte er ihre Schönheit erkannt und sie hatten ihm gutgetan. Konnte es sein, dass Bilder seinem Bot guttaten?

Eugen blickte gelöst auf den Garten, dessen Anblick ihm so vertraut war. Er wunderte sich, dass er immer neues Detail sah und immer neue Bilder. Bilder! Sie zogen an. Doch worin lag ihre Kraft? Wie hatten sie ihm geholfen? Eugen wusste nicht einmal, woran es ihm fehlte, geschweige denn was ihm helfen konnte. *Nervous breakdown* hatten sie diagnostiziert, ein *Stresssyndrom*, wohl infolge Überlastung. Sie hatten eine Tomographie seines Hirns gemacht, aber keine Spuren eines Schlaganfalls gefunden, hatten seine Hirnströme und seine Sinne untersucht. Seine Diagnose blieb so nebulös wie die seines Bot. Eugen wollte nicht ausschließen, dass er zum Spinner geworden war. Einige seiner alten Kollegen waren bereits *abgedriftet*. Er wollte nicht einmal ausschließen, dass sein Bot ein sanfter Spinner war.

67

Seit 1960 pflegten die UdSSR und Zypern freundschaftliche Beziehungen. Viele Russen lebten auf der Insel und erfreuten sich des milden Klimas, der ungestörten Privatsphäre und der Banken, deren Kontakte in den Westen ebenso gut funktionierten wie in den Osten. Das Leben lief gemächlich, alles ließ sich mit ein paar Dollars regeln.

Hier lebte Pjotr bisweilen. Wie viele Russen besaß er einen zypriotischen Pass, ein Haus und eine zypriotische Firma mit einem Ableger in London.

In seinem durch eine Mauer abgeschirmten Garten saßen nun vier Personen um einen Tisch: Pjotr, Alam und zwei schlicht gekleidete Frauen, Ludmilla und Lydia, Pjotrs Spitzenkräfte. Alle schauten auf ihre Notebooks, beschäftigt mit Alams Auftrag. Alam zeigte Details eines kommunalen Kommunikationsnetzes.

„Hier ist die Kernzone, da die Stromversorgung, links sind Gateway und Switch der Polizei, dahinten die privaten Hubs der Kliniken, rechts die Server der Nationalgarde. Und da drüben sind die alten Mainframes für Wasser, Strom und Verwaltung ...“

Pjotr schätzte die Lage ab und sprach halb in Scherz.

„Da kann ich nicht ablehnen."

Doch Alam gab zu verstehen, dass Scherze unangebracht waren. Die Sache war todernst. Die Frauen gaben nun ihre Berechnungen bekannt.

„176 Server, 27 Router, 4 Vermittlungen, 16 Mainframes. Das ist ziemlich überschaubar. Doch die Mainframes sind uralte Systeme. Das heißt zwei Monate Vorlauf. Fehlerrate 15%. "

Alam: "Keine Fehler, Pjotr! Hast du verstanden? Nimm deine besten Männer!"

Pjotr zeigte schmunzelnd auf Lydia und Ludmilla.

"Meine besten Männer sind diese Damen. Verlass dich drauf, wir werden gut arbeiten im eigenen Interesse. Wenn wir murksen, sind wir tot."

„Tot, aber gut bezahlt."

Sie erhoben sich. Die Männer umarmten sich nach orientalischem Brauch und Alam ging.

Pjotr, Ludmilla und Lydia ließen nun die Cognacflasche kreisen und begossen ihren Einstieg ins große Geschäft. Pjotr war aufgekratzt.

„Reich werdet ihr werden, meine Täubchen, sehr reich. Jahre hätten wir im Bankgeschäft gebraucht, um nur die Hälfte zu verdienen. Und nun geht es in ein paar Monaten."

Ludmilla: „Doch da ist noch etwas: diese alten Mainframes machen mir Sorgen. Uralte Software, noch ältere Hardware. Die Kisten hängen noch an Standleitungen, nicht am Internet, sind also nur über eine alte Vermittlung erreichen. Zum Test müssen wir wohl eine der alten Mühlen abschießen."

Lydia: „Wenn wir das bloß schaffen. Denk an die alten Robotrons beim Militär. Alle Programmierer, die sie verstanden haben, sind schon tot. Die haben noch in Assembler programmiert und die Militärs hat's gefreut. Kein Virus hatte da eine Chance und die Amis auch nicht. Die wollten immer ran. Aber nichts war's."

„Wenn wir es mit solchem Gerümpel zu tun bekommen, haben wir Pech. Am besten, ich check's mal."

"Ach, nimm's leicht. Auch wenn wir ein paar Schrottkisten nicht knacken, Alam wird es nicht schnallen im allgemeinen Chaos."

Pjotr: „Meint ihr denn, auch die Sintflut konnte die nicht knacken?"

„Ich find's raus."

„Was wissen wir über die Technik der Sintflut?"

Lydia: „Nichts wissen wir, rein gar nichts. Auch das Großmaul Wacko und seine Archos wissen vermutlich nichts. Wenn er etwas wüsste, hätte sein Netz schon längst Blasen geworfen. Doch besser ist's, wir behalten den Burschen im Auge."

Pjotr: „Darauf kannst du dich verlassen. Und noch lieber wäre mir Eugen. Aber ich kann ihn nicht finden. Noch nicht."

68

Rachel, Bill und Vijay, Betty und Joe hatten sich in Venice eingefunden. Joe hatte für sie ein schäbiges kleinen Haus gemietet, das zu seinem verwilderten Garten passte. Die kalifornische Sonne schien, der Strand war nah. Hungrig schlenderten hinüber zur *Nudelfabrik*, dem Restaurant, das die Surfer liebten, die mittags in T-shirt, Shorts und Sandalen erschienen. Das Team tauchte ein in die lockere Atmosphäre und nach dem ersten Cocktail lagen Washington, Boston und Stanford auf einem anderen Kontinent.

Joe war hier zuhause, nannte die Bedienung *Honey* (Süße) und gab Geschichten zum Besten. Da drüben sei neulich eine Schwimmerin von einer Riesenwelle gestrippt worden. Ihr Bikini hing am linken Fuß. Stolz wie eine Göttin entstieg sie in der Morgensonne den Fluten und lächelte ihm zu.

„Das ist Kalifornien. Hier ist der schönste Platz der Welt. "

Dann sprach er von den frühen Jahren, als er einmal angetreten war, um die ultimative Maschine zu bauen, eine Wissensintegrationsmaschine, zu der Betty eine Theorie geliefert hatte. Alle bekannten Logiken samt den Inferenzmaschinen sollte sie enthalten und obendrein das restliche Instrumentarium, Regeln, Objekte und Konzepte.

„Das sollte ein Riesending werden, mächtig wie der Kölner Dom. Aber nichts da! Ein Riesenaffentheater wurde es. Wir haben immer nur die aufgeblasenen Vorteile gesehen. Hätten wir da nur mal die Luft rausgelassen. Wären wir nur ein einziges Mal ehrlich miteinander gewesen. Dann wären wir nicht in den Schlamassel geraten. So, Freunde, das ist es was ich euch sagen will: *bleiben wir ehrlich, dann wird alles gut.* Und jetzt ist meine Antrittsvorlesung zu Ende. Lasst es euch schmecken.

Joe war die Seele des Treffens. Er kümmerte sich vor allem um Vijay und Rachel. Chucks rabiate Forderung lastete schwer auf ihnen. Schwerer noch lastete Bills unausgesprochene Hoffnung, ein Geniestreich könnte das Projekt und sein ramponiertes Image retten.

Joe sorgte für Abwechslung am Strand und in den Kneipen, spielte alte Schallplatten, hatte alte Filme ausgekramt und seine Gitarre repariert. Mühelos holte er die gute alte Zeit von Venice zurück. Dazu las er aus *On The Road*, dem Klassiker aus der Beatnik-Zeit und seine *Cookies*, die Marihuana-Plätzchen, machten die Runde.

Wie sollte es weitergehen? Seit dem Treffen auf der Ranch galt die Vorstellung von einer gewaltigen Armada von Bots. Sie sollte in jeden Winkel der Welt eindringen. Diese Vorstellung stand nun zur Disposition. Sie spielten zwanglos mit Ideen.

Joe, der alte Mann mit den jungen Gedanken, sorgte dafür, dass das Team ohne Agenda lebte – ohne Ziele und Termine. Er griff nur dann humorvoll ein, wenn es nicht nach seinem Motto ging *geht ehrlich miteinander um*.

Die Ideen sprudelten. Man könnte den Bot ja abmagern, allen funktionalen Ballast abwerfen und sehen, wofür er dann noch taugt. Oft gerieten sie dabei auf den Holzweg, doch sie nahmen es leicht.

Es war Joe, der das bisherige Bot-Konzept am radikalsten infrage stellte.

„Warum soll die Technik geheim bleiben? Wie wäre es mit einem *Open Bot*? Wenn wir die Hosen runterlassen, den Code offenlegen, dann läuft es vielleicht. Tausende junger Genies werden sich dann hinter der Bot-Idee versammeln und entwickeln, was das Zeug hält. Supercool wäre das."

Betty: „Du spinnst doch. Ich höre schon die Gangster jubeln."

„Nein, mein Herzblatt. Denk doch mal weiter. Öffentliche Technik ist ungefährliche Technik. Jeder Informatik-Student kennt sie. Man wird sie beherrschen, denn *Gefahr erkannt, Gefahr gebannt*."

Die Diskussion ging munter hin und her.

„Warum nur sollen Bots das ganze Internet beherrschen? Weniger wäre vielleicht mehr – der *Bot des kleinen Mannes* also. Und warum müssen Bots völlig autonom agieren? Sollten nicht Menschen Bots helfen? Teamwork wäre angesagt. Dann könnte es auch unterschiedliche Bots geben, Spezialisten also. Polizisten und Killer etwa. Und überhaupt – sollten Bots kooperieren? Bisher war jeder Bot als Einzelkämpfer unterwegs, als Lone Ranger. Solidarität macht stark.

Der *Sack von Fragen ohne Antworten* füllte sich. Tage vergingen, in denen sich die Diskussion grundlegend wandelte. Anfangs blieb Eugens Ansatz sakrosankt, das Maß aller Dinge. Dafür hatten sie malocht und gehofft. Dann aber begannen sie Eugens rigorosen Ansatz aufzuweichen, wollten Funktionen weglassen, an denen man sich die Zähne ausbiss, wollten sich die Arbeit erleichtern.

Unversehens stellten sie Eugens technisches Konzept in Frage. Das hatten sie nicht geplant. Nun aber hatten sie bereits die Suche nach dessen fundamentalen Schwächen aufgenommen. Das war folgerichtig und deshalb unvermeidlich. Also stand auch Eugens Theorie zur Disposition. Und damit endeten die Überlegungen nicht. Auf die Fragen nach der richtigen Technik folgen Fragen nach Sinn, Ziel und Zweck des Vorhabens. Dann kreisten sie wieder um die Frage, welche Optionen ihnen noch offenstanden. Joe war zufrieden.

„Wow. Ihr seid einen langen Weg gegangen, habt eine tonnenschwere Last abgeschüttelt. Der Geist des Bot spukt nicht mehr. Und ihr seid als Team in die Pubertät gekommen. Nun seid ihr reif für den nächsten Schritt."

Das Treffen blieb informell, niemand führte Protokoll, bereitete etwas vor oder arbeitete etwas nach. Dennoch kamen sie voran, das spürten sie, und Joe sprach darüber.

„Meine Freunde, was immer auf der Ranch geboren wurde, es liegt nun tausende Meilen hinter euch. Sprecht nun davon, was euch antreibt, was ihr euch im Innersten wünscht. Lasst es mich hören."

Sie saßen auf zerschlissenen Sesseln im Kreis um eine Flasche *Southern Comfort.* Joe schenkte den Whiskylikör aus und wandte sich an Betty.

„Magst du beginnen?"

„Eugen und die Bots sind *Gödels Fluch* zum Opfer gefallen."

So hatten sie früher den berühmten Beweis des Logikers Karl Gödel genannt, wonach jede formale Theorie widersprüchlich ist, wenn sie nur genügend komplex ist.

„Das treibt mich um, ihr Leute, es macht mich wahnsinnig. Stellt Euch vor, ich hätte einen *Strange Loop* eingebaut oder eine Selbst-Referenz übersehen."

Es ist leicht, in diese Falle zu tappen. Betty holte Eschers Bild *Drawing Hands* aus dem Internet, das zeigt wie die rechte Hand die linke Hand zeichnet, die wiederum dabei ist, die rechte Hand zu zeichnen. Hier drehen sich die Dinge im Kreis ohne Ende. Jeder zeichnet den anderen und alle zeichnen sich selber.

"Warum nur hat der Bot das Nachdenken über sich selbst nicht beenden können? Diese Frage wird mich bis ans Ende meiner Tage quälen. Vielleicht ist Eugens Faible für die *Society of Mind* Schuld. In dieser hierarchielosen Runde kann jeder mit jedem solange quatschen bis die Kühe nach Hause kommen. Hey, Leute, ich will Gödels Fluch eliminieren oder ich sterbe."

Vijay: „Betty, da gibt es etwas, das dich interessieren wird."

Er berichtet der erstaunten Runde, dass Eugen einem Bot die Freiheit gab, der ihm dann *schöne Dinge* schickte, Bilder von Spiralen und Fünfecken zum Beispiel. Damals hatte Eugen gerätselt: *woher nur hat mein Bot den Begriff der Schönheit? Nichts dergleichen habe ich ihm eingebaut.*

Betty: „Ha. Der Bot und die Schönheit – die Schönheit und das Biest. Das ist hochinteressant. Vieles braucht man nicht einzubauen. Es ist von alleine drin. Denkt an die Ameise und den Ameisenhügel. Woher kommt der denn? Die einzelne Ameise hat keine Ahnung von einem Hügel. Doch irgendwie steckt der Hügel in den Ameisen drin. Hunderttausend Ameisen betasten und beduften sich und tun Kleinigkeiten. Und siehe da, etwas Großes entsteht – fast wie von selbst. Vielleicht funktionieren Bots auch so. Das werde ich mir mal ansehen."

Wie so häufig, hatte Bill schweigend zugehört. Er hat erkannt, dass es für Betty ein Leichtes war, sich für Abstraktes und Formales zu begeistern, für Hypothesen und Paradoxien. Jahre ihres Lebens könnte sie einem mathematischen Beweis widmen. Sie würde sich in die Fragen verbeißen: warum kommt der Bot nicht aus Meta zurück? Oder, wie entsteht der Begriff *Schönheit* in einem Bot?

Bill hätte selbst nie dergleichen getan, er war bei Weitem nicht so radikal wie die beiden Damen Betty und Rachel.

Rachel und Betty konnten nicht unterschiedlicher sein. Seit Bill Rachel köderte, ins Bot-Projekt einzusteigen, hatte sie an die Ihren gedacht, an Israel, Tel Aviv, ihre Familie, Mutter, Schwester, Neffen. Sie hatte getan, was sie konnte, im Team und im Nationalen Sicherheitsrat, dem sie angehörte. Sie litt dennoch unter dem Gedanken, für die Ihren nicht genügend zu tun, wusste sie doch um die zunehmenden Gefahren im Nahen Osten.

Rachel war geneigt, ihren eigenen Bot zu bauen, ein Konstrukt ohne Schleifen und Rüschen und nicht für das ganze Internet bestimmt. Russland, Indien und China waren ihr herzlich egal. Für Terrorspuren, die nach Teheran, Beirut oder Damaskus führten, wollte sie einen Bot. Einfach würde er sein, Brot & Butter-Technik nur, dafür zielgerichtet und effektiv. Menschen sollten ihn führen.

Niemals zuvor hatte Bill Rachel besser verstanden: insgeheim verfluchte sie Eugen, der sie von dem Weg abgebracht hatte, den sie von Anfang an gehen wollte.

Vielleicht war Rachel bereits vorangekommen. Sie hat von Funktionen gesprochen, auf die sie verzichten konnte. Ihr Bot brauchte sich weder zu vermehren noch sich autonom zu bewegen. Sie dachte vielmehr an eine virtuelle Drohne, die im Netz gezielt zuschlägt.

Bill vermutete, dass Rachel noch nicht am Ziel war und Betty brauchen würde, um es zu erreichen. Betty könnte den kognitiven Apparat stabilisieren, jenen Teil des Bot, den Rachel nicht anrühren würde.

Nun war Vijay an der Reihe. Nur Bill wusste, dass er sich wie ein Hersteller von Streubomben gefühlt hatte.

„Ich bin vor allem froh, dass die aggressiven Biester ausgerottet sind, auch wenn die Folgekosten wohl in die Milliarden gehen werden. Doch was nun? Sollten wir uns nicht um Verteidigung kümmern, statt um Angriff? Wir könnten Bots erkennen, sobald sie in einem Computer auftauchen, und dann neutralisieren. Vermutlich arbeitet die Cybermafia bereits an Bots. Und zum Cyberwar wird es kommen, meine Freunde. Da bin ich sicher."

Obwohl Vijay im Verlies des MIT Bahnbrechendes geleistet hatte, bedeuteten ihm Detektoren und Eliminatoren von Bots nichts. Er fürchtete die Fragen seines Vaters, wie denn sein Tun dem Frieden diene. Das würde er ihm nicht erklären können. Alle spürten es: Vijay war dabei, sich aus dem Team zurückzuziehen. Zwar würde er Rachel nicht im Stich lassen, wenn sie ihn bräuchte. Vijay würde sein Wissen auch an ihre Studenten weitergeben.

Dann sprach Vijay darüber, woran sein Herz hing. Primär wollte er sich dem tieferen Verständnis des Lebens widmen. Dazu wollte er Lebensmechanismen auf dem Computer nachbilden. Den Replikationsmechanismus von Algen hatte er zwar genutzt, aber noch nicht vollständig erforscht. Hier fühlte er sich gefordert. Er wollte seinen Beitrag leisten zum großen neuen Gebiet *Artificial Life (künstliches Leben)*. Es könnte von irdischen Zwängen befreit werden und so zum Modell für ein Leben in Harmonie werden. Nie zuvor hatte Vijay mit dieser Offenheit gesprochen. Seine Zuhörer staunten.

Joe: „Meine Freunde, ihr wart wunderbar. Und es war ein Haufen Holz. Ich brauche eine Pause. Ich muss das alles verdauen. Geht spazieren. Springt ins Meer. Hängt in den Kneipen rum. Schaut den

Rollschuhtänzern zu. Und denkt nach. Morgen um 10 Uhr sehen wir uns wieder. Bis dahin, habt Spaß."

Sie hatten Spaß und sie begriffen, wie stark ihr Projekt bestimmt wurde von Dingen, die stets in Hintergrund blieben und ihnen doch im Blut steckten. Eugens Streben nach vollkommener Intelligenz, Vijays Streben nach vollkommener Harmonie und Rachels Streben nach vollkommener Sicherheit mochten die wahren Gründe sein, dass dieses Team zerfiel.

„Hey Joe, du hast noch nichts gesagt. Du bist dran. Was juckt dich denn? Lass hören."

71

Joe erinnerte an die Zeit, als die Beobachtung von Galaxien in Schwung kam mittels Radioteleskopen und Satellitenkameras. Millionen von Bildern wurden produziert von allen Teilen des Universums und in allen Frequenzen des elektromagnetischen Spektrums.

Ungeheure Mengen an Information warteten darauf, ausgewertet zu werden, zu viel für die wenigen professionellen Astronomen und ihre Computer. Zu langsam ging es voran. So machte sich Joe zum Anführer einer weltweiten Bewegung von Hobby-Astronomen, die mit ihren eigenen Computern in Bildern des Kosmos nach Besonderheiten suchten, Sternenexplosionen etwa oder Galaxien mit ungewöhnlicher Form, Größe, Bewegung oder Alter. Der Erfolg dieser Grass-Roots-Wissenschaftler war enorm und ist es noch.

Nun wollte Joe Ähnliches inszenieren und dafür ein Computerspiel entwickeln. In dem Spiel sollten sich Bot-Armeen bekämpfen. Und es sollte weltweit so lange gespielt werden, bis die beste Armee ungeschlagen blieb und den ausgesetzten Preis gewonnen hatte.

Bei seiner Arbeit in den Skunk Works war er verzweifelt angesichts der Millionen Möglichkeiten Bots zu justieren.

„Lieber stelle ich von Hand einen Vergaser ein als die vielen Parameter eines Bot."

Tausende von Spielern sollen deshalb Bots einstellen und trimmen und ihren Spaß dabei haben. Natürlich würden es *Toy-Bots* sein, Spielversionen also und gut behütet im Gehege von Rachels Server-Farm.

„Dieses Spiel *World of Botcraft* wird alles in den Schatten stellen, das könnt ihr mir glauben. Und du, Bill, wirst dein Schachbrett in die Ecke stellen und dieses Spiel spielen. Du kannst Gegner ausschnüffeln, sehen wo sie schwach sind, kannst tarnen, täuschen und tricksen. Da wirst du wieder jung, Bill. Und nun, mach schon mal $10.000 locker für das Preisgeld. Wenn ihr dann seht, wie die Bots des Siegers konfiguriert sind, meine Freunde, dann habt ihr mehr über Bots gelernt, als je zuvor."

Joe wurde bejubelt und alles war gesagt. das Ende der Klausur war gekommen und Bill schloss.

„Danke Joe, Meister der sanften Menschenführung. Joe, du hast uns gut getan."

Rachel und Vijay machten sich auf die Reise nach Los Angeles, wo Vijays Sintflut das Thema einer Konferenz war.

72

Das Biltmore Hotel hatte sich den Charme und die gediegene Eleganz der Goldenen Zwanziger erhalten. Damals war es das führende Haus am Ort. Von diesen glanzvollen Tagen zeugten noch die Teppiche, Sessel, und Gemälde, das geschliffene Glas der Vitrinen und Leuchter, die vergoldeten Beschläge in den Luxussuiten. Hier also fand die *Internet Deluge Conference* statt, die sich mit den Phänomenen befassen würde, die Vijays Jagd auf Rachels Bots hervorgerufen hatte.

Die Idee der Veranstalter war, eine kleine und intime und deshalb kreative und aktive Konferenz zu schaffen, wo Professoren und Studenten, Beamte und Hacker, Amerikaner, Europäer und Asiaten in engen Kontakt kommen. Nachdem die Spekulationen über die Sintflut in der Presse übergeschäumt waren und sich die Politik des Themas bemächtigte, sollten nun die Dinge sachkundig und sachlich behandelt werden.

Die 250 Konferenzteilnehmer strömten ins Hotel. Vijay und Rachel tranken ihren Kaffee und musterten die Menge. Rachel flüstert Vijay zu:

„Kannst stolz sein. Ohne dich wäre hier gar nichts los."

Dann erregten Männer mit unangenehmem Aussehen ihre Aufmerksamkeit.

Vijay: „Was bringt diese Herrschaften in die Stadt?"
„Hacken 3.0. Das schnelle Geld."

73

Im großen Saal hielt Odile, die elegante Professorin aus Grenoble, ihren eingeladenen Vortrag. Sie sprach über die heftigen Auswirkungen der Sintflut auf den französischen Teil des Internet und auf die französische Volkswirtschaft. Dann berichtete sie über ihre Vorkehrungen, eine zweite Sintflut, wenn schon nicht zu blockieren, so doch abzumildern, sprach von Filtern, Sensoren,

Netzmonitoren, Spiegelungen, Redundanzen und Strategien des Netzmanagements. Sie endete mit einem optimistischen Ausblick, erhielt höflichen Applaus und stellte sich der Diskussion. Wacko griff zum Mikrofon. Er war durch seine Tätowierung am Hals leicht zu erkennen.

„Sie sagen, es gäbe keine Erklärung für die Sintflut. Da haben sie wohl Recht. Das ist auch genau der Grund, warum wir mit der nächsten Sintflut rechnen müssen. Und die wird sie überrollen, trotz ihrer Gegenmaßnahmen, Professor."

Das Publikum applaudierte, pfiff zustimmend und Wacko fuhr fort.

„Ein Computer ist während der Sintflut abgestürzt. Danach habe ich auf ihm merkwürdigen Code gefunden – absonderlich zwar, aber hochinteressant. Meine Freunde und ich lernen noch daraus. Ich fordere sie deshalb auf: durchforsten sie das gesamte französische Netz nach ähnlichen Fossilien. Wir können alle davon lernen."

Die Zuhörer reagierten mit erstauntem Gemurmel und spontanem Beifall. Auch Pjotr, der eine Gesichtsmaske trug, hatte Wacko zugehört. Nun telefonierte er und verließ den Saal. Draußen im Foyer nahmen Rachel und Vijay einen Kaffee.

Rachel: „Glaubst du, dass der Deutsche etwas gefunden hat?"

„Das weiß ich nicht, ich weiß nur, er riskiert Kopf und Kragen."

74

Eugen, dem sein Bot noch immer Rätsel aufgab, hatte sich der Frage *Was ist Schönheit?* zugewandt. Wenn er dem Wesen der Schönheit näher käme, dann würde er auch dem rätselhaften Wesen seines Bots näherkommen, so hoffte er. Am Boden seines Arbeitszimmers stapelten sich Bücher über Architektur, Design, Mode, Kunst und Geometrie. An einer Wand hatte er alle Bilder aufgehängt, die ihm sein Bot zugeschickt hatte. Da hing ein Dodekaeder neben der Blüte einer Margerite, ein Schmetterling mit ausgebreiteten Flügeln und ein Schneckenhaus. Daneben eine Galaxie, ein Ahornblatt, eine Sternfrucht, ein Seestern, eine Pyramide und verschiedene Fraktale. Anna trat ein und beide betrachteten wieder einmal diese Kollektion von Objekten.

Eugen: „Ich rätsle noch immer, trete auf der Stelle."

Es war offensichtlich, Eugen quälte sich. Er hatte sein Konzert gespielt und nun war es ihm nicht vergönnt, den Schlussakkord anzuschlagen. Er war davor gewesen, so kurz davor, sein Lebenswerk zu vollenden.

„Schickt dir dein Bot nur Bilder ohne Erklärung?"

„Ja, er und ich kommunizieren nicht, so wie wir beide das tun. Er hat nichts, was man *soziale Kompetenz* nennen könnte. Das braucht er nicht."

„Er ist also mehr Katze als Hund."

„Er ist eine autistische Katze. Ha. Bots kooperieren nicht. Das wäre zu schwierig, viel zu komplex. Er hat keine Freunde. Mit wem sollte er reden?"

„Er hat dir aber geschrieben: *Schön.*"

„Ja, das hat er geschrieben. Aber hat er es für mich geschrieben? Die Katze meiner Mutter hat manchmal eine tote Maus vor die Tür gelegt. Wir haben uns dann gefragt, ob sie uns etwas schenken wollte oder etwas sagen. Weiß der Kuckuck, was der Bot wollte, als er schrieb."

„Hat dein Bot Gefühle?"

„Ich könnte ihm virtuelle, simulierte Gefühle einbauen, aber ich habe es nicht getan. Wozu auch?"

Anna setzte sich auf den Boden und sah in Ruhe auf die Wand. Langsam betrachtete sie Bild nach Bild, so wie sie wohl ein Bot betrachten würde, also kühl und ohne Gefühl. Sie ertappte sich dabei, eine Blume schön zu finden wegen ihrer sonnig warmen Farben und einen Schmetterling wegen seiner pastellig zarten Farben. Für den Bot würde diese gefühlte Art von Schönheit bedeutungslos sein. Er würde wohl auch nicht registrieren, wenn ein Bild schwungvoll oder langweilig, zierlich oder plump war.

Anna bemühte sich, ihre Gefühle auszublenden. Sie überlegte: der Bot hatte noch nie einen Spaziergang gemacht und die Landschaft bewundert oder in den Sternenhimmel geblickt. Er hatte allenfalls in Computerarchive geblickt und JPEG-Bilder gesehen. Von nun an sah Anna keine Bilder mehr, sie sah Form und Geometrie. Während sie noch einmal alle Bilder ansah, kamen ihr Begriffe ins Bewusstsein: *Proportion, Regularität, Symmetrie, Harmonie.*

Dann stand sie rasch auf.

„Eugen, des Rätsels Lösung starrt uns an. Dein Bot hat absolute Schönheit gefunden: den Goldenen Schnitt. Er hat Phi gefunden, die man *Zahl des Lebens* nennt. Und er tanzt vielleicht vor Freude."

Das war es also. Eugen wurde gewahr, der Goldene Schnitt steckte in allen Objekten an der Wand, in der fünfeckigen Sternfrucht und in der Galaxie, deren Spirale klein begann und ebenmäßig wuchs. Dann stöhnte er erleichtert.

„Aaaah, es ist also eine Zahl. Schönheit ist eine Zahl. Und mein Bot hat sie gefunden."

Ideen schossen ihm durch den Kopf und verwirrten ihn. War Phi tatsächlich des Rätsels Lösung? Wo steckte die Zahl in seinem Bot? Und wie konnte er sie finden? Warum hat er dem Teilungsverhältnis nach der Formel $a / b = (a + b) / a$ den Namen *schön* gegeben? Warum war es schön?

„Anna, sag mir, warum ist Phi schön?"

„Unsinn. Nicht die Zahl ist schön. Nur die Form von Dingen kann es sein. Und frag nicht nach dem Warum. Erinnerst du dich, was Amelie in der Bar zu dir gesagt hat?"

Eugen erinnerte sich wohl: *Schönheit beweisen? Du bist verrückt. Ich weiß was schön ist. Das ist alles. Die Liebe ist schön. Das soll ich beweisen? Ha.*

Wieder nahm Eugen Anna in den Arm, diese großartige Frau, die ihm so viel gegeben hatte, seit sie das erste Mal über das rätselhafte kalós kai agathós sprachen.

„Anna, heute ist ein großer Tag für mich. Ich habe wieder Hoffnung gewonnen, meinen Bot zu verstehen, eines fernen Tages vielleicht. Und das ist dein Geschenk. Ich danke dir."

75

Wacko wurde in Los Angeles gekidnappt. Er befand sich in einem luxuriösen Caravan, war nackt auf einem Bett festgeschnallt. Das Haar an seiner rechten Schläfe war abrasiert. Ein Frau bereitete eine Injektionsvorrichtung vor. Ein Auto fuhr heran und parkte. Pjotr stieg aus und betrat den Caravan.

Pjotr: „Guten Tag mein Herr. Wie geht es ihnen?"

Wacko wurde abgeschnallt und musste sich an den Rand des Betts setzen. Sein Rücken wurde besprüht und eine Frau mit einer Spritze näherte sich.

„Entspannen sie sich. Bleiben sie ganz ruhig. Und nun keine Bewegung mehr."

Wacko erhielt eine Spritze in die Wirbelsäule und wurde wieder festgeschnallt. Dann schoss die Injektionsvorrichtung einen kleinen Gegenstand unter die Haut der Schläfe. Die blutende Stelle wurde gereinigt und verklebt.

Nach dieser routinierten Behandlung wurde Wacko abgeschnallt, mit einem Bademantel bekleidet und in einen Sessel gesetzt. Er trank ein Cola.

Pjotr: „Das Implantat ist äußerst wirksam. Ich denke, wir können nun reden. Sprechen wir also über mein Lieblingsthema. Sprechen wir über die Penetration von Computern."

76

Seit der Sintflut gehörte Wacko zum Kreis überwachter Personen, von deren Aktivitäten Chuck sich berichten ließ. Nun war der Kontakt zu Wacko abgerissen. Er hatte weder seine Rede auf der Konferenz gehalten, noch hatte er in seinem Hotel übernachtet und sein Mobiltelefon war tot. Sein letzter Tweet sagte nur, er sei in Kontakt mit Russen. Bill, Rachel und Vijay waren darüber informiert und höchst beunruhigt.

Die Cyber-Gangster waren den Archos wahrscheinlich lange auf der Spur. Jean hatte einen wegweisenden Artikel veröffentlicht und Wacko in Berlin vorgetragen. Und nun, nach den vielsagenden Andeutungen Wackos in Los Angeles, warteten sie wohl schon in den Startlöchern. Sie würden Wacko schnappen, verhören und entsorgen.

Und dann würden sie sich Jean vornehmen und seinen Kontakt mit Eugen herausfinden. Eugen war also in höchster Gefahr und die ging vielleicht von Russen aus.

Bill übernahm es, Eugen zu warnen, aber mehr konnte er nicht tun. Selbst Bots könnten jetzt nicht mehr helfen. Die Lage war ernst.

77

Anna und Eugen flogen über die Usbekische Steppe nach Buchara, jener Stadt, die alt war, als ihr größter Sohn, Ibn Sina, vor tausend Jahren forschte und lehrte. Eugen war früher schon hier gewesen, um eine Physikerin für sein Institut anzuwerben.

„Wir waren jung und mochten uns. Sie hat mir die große Moschee gezeigt und mich ihren Eltern vorgestellt. Ihr Vater betete auch zu Sowjetzeiten mehrmals am Tag und wollte nicht verstehen, wie ich über Gott dachte. Ich sagte ihm nämlich: *Es mag einen Gott geben, doch es gibt nichts, was wir mit Sicherheit über ihn wissen können.* Darüber haben wir nächtelang gesprochen. In diesen Tagen bin ich ein wenig in die Kultur und die stürmische Geschichte der Stadt eingetaucht, die in unserer Sprache *Ort des Glücks* heißt. Es war eine schöne Zeit und so wird es wieder sein, Anna."

Auch Anna dachte an eine glückliche Zeit, als sie ihren ersten Job antrat und dazu nach Paris zog. Dort, an der Sorbonne, lagen Abschriften und Übersetzungen vieler Werke des Aristoteles. Einige Werke, die Bücher über Physik und Metaphysik, wären wohl für immer verloren gewesen, hätte nicht eine Handvoll islamischer Gelehrter alle Werke ins Arabische übersetzt.

Ibn Sina schätzte die Philosophie als die Kunst der Künste und das Werk von Aristoteles als den Hort westlicher Weisheit. Die Abschriften seiner Übersetzungen lagen in der Sorbonne und zogen Gelehrte an, darunter den berühmtesten aller Aristoteles-Fans, Thomas von Aquin. Er reiste damals im 13. Jahrhundert vom Süden Italiens bis nach Paris.

Anna: „Auch ein Amerikaner war da, um Avicenna, wie Ibn Sina auch genannt wird, im Original zu studieren. Er befasste sich mit der Blütezeit der islamischen Kultur um die Jahrtausendwende und öffnete mir den Blick dafür. Es war eine wunderbare Zeit und mein Herz schlägt höher, wenn ich zurückdenke."

Sie sahen aus dem Fenster auf die Türme und blau glänzenden Kuppeln der Stadt. Dann setzte das kleine Flugzeug auf. Abends schlenderten Anna und Eugen durch die Stadt und setzten sich in ein Café. Anna deutete auf die nahegelegene Moschee.

„Sie hat Wanderer zwischen Europa und China gesehen, mit Schätzen beladene Karawanen, Abenteurer und Forscher, die jahrelang unterwegs waren."

„Hat Ibn Sina dort Aristoteles übersetzt?"

„Oh nein, als diese Moschee gebaut wurde, war Ibn Sina schon 500 Jahre tot."

„Er war also ein Pionier in archaischer Zeit ..."

„...dem wir viel verdanken. Er half Europa, das Mittelalter hinter sich zu lassen."

„Du verehrst ihn?"

„Ja. Ibn Sina ist ein Superstar."

Während sie redeten, ging ein traditionell gekleideter Mann vorbei. Als er den Namen Ibn Sina hörte, hielt er an und wandte sich ihnen zu. Lächelnd wiederholte er den Namen *Ibn Sina* und sprach mit ihnen in seiner usbekischen Sprache. Gewahr, dass Unterhaltung nicht möglich war, begann er zu lachen und setzte gemächlich seinen Weg fort.

Eugen: „Mir scheint, Ibn Sina ist ein Star geblieben in Ost und West."

Später saßen Anna und Eugen in einer Moschee auf dem Teppich am Boden und bewundern die Pracht und Harmonie der gekachelten Wände, Säulen Balustraden und Kuppeln rings um sie.

Eugen: „Dieser Ort beruhigt Geist und Seele – wie die Musik von Bach."

„Wie eine Symphonie in Phi."

Lange versenkten sie sich in das unendlich filigrane Detail des Dekors und ließen ihre Gedanken schweifen.

Eugen dachte an die bewegten Zeiten, in denen die Moschee entstand. Die Reitervölker Zentralasiens waren damals in Aufruhr und dennoch schufen sie perfekte Harmonie. Warum nur? Dann gingen seine Gedanken weiter zurück zu den wüsten Zeiten des frühen Mittelalters, bevor die Abtei Saint Antoine gegründet wurde. Es schien, als gehörten Kampf und Elend, Glaube und Schönheit eng zusammen. Dann kam ihm sein Bot in den Sinn.

„Gerade denke ich daran. Ich habe in meinem Bot immer nur *ihn* gesehen, den gerissenen Kämpfer gegen den Terror. Nun beginne ich auch *sie* zu sehen, die Hüterin des Schönen. Sie wäre wohl gerne hier, an diesem schönen Ort."

Anna lächelte. Eugen hatte sich erlaubt, Ungewöhnliches zu denken. Er kam voran. Und sie spürte, auch sein Bot würde vorankommen, würde endlich tun, was Rachels Bots nicht konnten. Hier spürte sie es. Hier hatte sie ein Bild von vollendeter Schönheit betrachtet und es hatte ihrer Seele wohlgetan. Nein, der Bot hatte keine Seele. Seine Bilder aber würden ihn heilen. Sie flüsterte.

„Das Schöne und das Gute. Sie gehören zusammen. Sie können heilen."

78

Henri nahm die Heimkehrer Anna und Eugen besorgt in Empfang. Er habe die Polizei alarmiert, berichtete er. Gestern sei sie dagewesen und habe den Einbruch registriert. Einbrüche waren keine Seltenheit in dieser Gegend, wo Höfe und Häuser in den Hügeln, den Collines, verstreut lagen und oft nur am Wochenende bewohnt wurden. Hier hatten sich die Diebe leicht getan. Niemand hatte sie kommen und gehen gesehen. Und die Türen und Fenster des großen alten Hauses boten wenig Sicherheit.

Henri wollte die Katzen füttern und sich um den Garten kümmern, es hatte ja nicht geregnet. Da sah er die Tür zum Hof einen Spalt offenstehen und dahinter ein Kabel und eine CD am Boden liegen. Dann sah er sich um. Alles war ordentlich in der Küche und im Wohnzimmer. Nur Annas Schreibtisch war durchwühlt und der Computer verschwunden. Es mussten Leute mit guter Kinderstube gewesen sein, meinte Henri, bis die Polizei kam und den ganzen Schaden aufdeckte.

Anna, Eugen und Henri gingen durchs Haus und fanden die Einrichtung intakt. Die Bücher waren unberührt, selbst die wertvolle Marienstatue aus den 17. Jahrhundert. Es fehlten alle Computer und alle Datenträger und in den Arbeitszimmern von Anna und Eugen sah es wüst aus.

Der Schaden war also gering. Anna würde ein neues Notebook kaufen und ihre Daten, die sie sicher im Internet abgelegte, zurückholen. Eugens Computer dagegen waren Spezialanfertigungen und die Anschaffung neuer Exemplare würde dauern.

Henri: „Eugen, du hast mir deinen alten Computer geliehen. Den kannst du zurückhaben."

Eugen dankte erleichtert. Seine alte Maschine war voller Software von größtem Wert. Bei Henri stand sie sicher. Und heute noch würde er sie holen.

Anna und Eugen saßen nun in der Küche, beruhigten sich mit Rotwein und besprachen die Lage. Die Polizei würde wohl keine verwertbaren Spuren finden. Es gab keine Abdrücke draußen im Kies und es war wohl rasch abgelaufen. Zwei Computer und ein paar Datenträger zu schnappen war eine Sache von Minuten.

Wo aber lag das Motiv? Hier waren nicht die üblichen Räuber auf der Jagd nach Wertsachen am Werk. Es waren also Spezialisten, die sich vermutlich nur für eine einzige Sache interessiert haben, für Eugens Computer, wobei die Hardware uninteressant war, da gab es wahrlich Besseres. Die Daten? Da sah es mager aus. Eugen speicherte kein Futter für Hacker.

Wenn Software das Ziel der Diebe war, dann schrumpft der Kreis der Interessenten erheblich. Man hatte es höchstwahrscheinlich mit Profis zu tun, die hinter Bot-Software her waren. Vielleicht galt die Jagd nur dem Intruder, denn damit ließe sich Geld machen.

So war es wahrscheinlich, dass Eugens Computer auf der Suche nach Software schon früher gehackt wurde, die Eindringlinge aber, obwohl Profis, nicht zurechtkamen und deshalb Eugens Maschine genauer untersuchen wollten.

Anna: „Wir wurden gehackt?"

„Vermutlich. Deshalb wussten sie auch, dass wir verreisen."

„Ich bin froh, dass wir nicht zuhause waren. Stell dir vor, sie hätten sich mit Gewalt Zutritt verschafft."

„Leicht möglich, dass wir es mit Kriminellen zu tun haben, die vor nichts zurückschrecken."

„Werden Sie zurückkommen? Ich habe Angst."

„Ich auch. Anna, sie haben uns im Visier, Jean und mich."

79

An diesem Vormittag waren die Fensterläden noch geschlossen in Eugens Studio, doch alle Lampen leuchteten. Eugens neuer Computer lief und zeigte auf gewohnte Weise einen Bot, als Schwarm hochstrukturierter Module, die leise pulsierten und sich konfigurierten.

Der Betrachter fühlte sich unwillkürlich angezogen, denn die Struktur schien ihm zuzulächeln. Die vielen Komponenten waren nicht beliebig verteilt, sondern drängten sich entlang den Umrissen eines Kopfes und Gesichts. Eugen hatte dieser Struktur einen Hintergrund gegeben, hatte sie mit dem Bild eines lächelnden Gesichts hinterlegt. Dessen zarte Farben schimmerten nun durch die Struktur und mischten sich mit ihr. So glaubte man ein technisches Gebilde mit freundlichem Antlitz zu sehen. Ob es männliche oder weibliche Züge aufwies, war nicht auszumachen.

Eugen hatte sich voll bekleidet aufs Bett geworfen. Er schlief und schlug die Augen auf, als Anna an die Tür klopfte und eintrat.

„Du hast die Nacht bei deinem Bot zugebracht?"

Als Eugen nickte, setzte sie sich und mochte von ihm hören. Er zeigte auf den Computer.

„Sie hat mich besucht. Und ich habe sie mir angesehen. Aber ich verstehe sie immer weniger. Sie ist so komplex, es ist so mühsam. Und sie hat sich verändert – sie hat viel gelernt."

Erschöpft schloss er die Augen. Dann fuhr er fort.

„Wo steckt bloß ihr Sinn für Schönheit? Und wie funktioniert er? Wenn ich das nur wüsste, dann könnte ich ruhig schlafen."

„Erinnerst du dich, was du mir von den Ameisen erzählt hast – wie sie einen Hügel bauen, von dem sie gar nichts wissen? Vielleicht untersuchst du die Ameisen und kannst den Hügel nicht finden."

„Ich werde sie wohl nie verstehen."

Anna öffnete die Fenster und in Nu füllten Licht, frische Luft den Raum. Sie deutet auf die Figur auf dem Bildschirm.

„Ach was, nur Mut. So fremd ist sie nicht. Sie hat ja deine Gene. Sei stolz auf sie. Sie ist ein gutes Mädchen."

Nun streichelte Anna Eugens Gesicht und küsste ihn. Eugen seufzte, erleichtert durch und durch. Dann nahm er Anna in seine Arme und drückte sie an sich.

80

Als sie sich schließlich aufmachten, die Frühstückszeit war längst vorüber, warf Eugen noch einen Blick auf den Computer und hielt inne.

„Anna, schau, da ist eine Nachricht vom Bot, kryptisch wie immer. Drei russische Namen hat sie genannt, es sind Namen von Orten. Es sind keine schönen Orte, sie scheint also nicht ihr Hobby zu pflegen."

„Dein Bot ist im Osten? Vielleicht sind unsere Computer in den Osten gegangen und haben einen blinden Passagier mitgenommen."

„Vielleicht ist sie dort von Bord gegangen und sieht sich um, ob sie etwas Schönes findet."

„Oder sie erinnert sich an ihre Pflichten als Bot."

Eugen erzählte noch ein wenig von der kriminellen russischen Szene, von seiner Flucht vor ihr und von Bills Warnung, die er kürzlich erhielt. Russen haben vermutlich Jeans Freund Wacko gekidnappt und der war verschollen.

„Hier haben die Typen eingebrochen, in Amerika haben sie entführt. Nur gut, dass dein Bot lebt. Nie habe ich mehr auf sie gehofft, als heute."

81

Es war Sonntag. Das gemächliche Treiben auf Zypern stand gänzlich still. Pjotr schlief im Liegestuhl im Schatten seines Gartens. Sein Personal war ausgegangen und hatte den Hund mitgenommen. Pjotr trug nur Shorts. Bademantel, Zeitung, Handy und Brille lagen neben ihm im Gras.

Drei Männer kamen unangekündigt aus dem Haus in den Garten, Alam und seine Leibwächter. Alam ließ Pjotrs Domizil seit geraumer Zeit überwachen. Nun war die Zeit für einen Besuch gekommen. Er ging zu Pjotr und weckte ihn.

„Verzeih mir, mein Freund. Aber wir müssen vorsichtig sein, das weißt du. Lass uns reden."

Sie gingen zum Tisch und setzten sich gegenüber.

Alam: „Es ist soweit. Am 27. um 04:16:25 Uhr MEZ müssen alle Systeme tot sein. Ist das klar? Wiederhole."

Pjotr wiederholte.

"Gut, gut. Mein Freund, unser Doppelschlag wird die Welt beeindrucken. Du wirst stolz sein. Und reich. Hier ist die erste Rate."

Als Alam einen Beutel auf den Tisch legte, erkannte er Besorgnis in Pjotrs Gesicht und sprach nun mit drohendem Unterton.

„Hast du Probleme?"

"Die Zeit ist verdammt knapp."

„Wirklich? Aber wir verlassen uns auf dich. Das ist alles für heute. Guten Abend, Pjotr."

Alam verließ mit seiner Begleitung das Haus.

Pjotrs Hände zitterten als er dem Beutel eine kleine in Samt gehüllte Schatulle aus Zedernholz entnahm und öffnete. Als er geschliffene Diamanten bester Qualität sah, verwandelte sich sein kummervoller Blick in ein Lächeln. Der Einstieg in den neuen Markt hatte sich bereits gelohnt.

82

Eugen saß an seinem Lieblingsplatz, auf der schattigen Bank neben dem Brunnen im Garten Er hatte die Beine auf einen Stuhl gelegt und ein Notebook auf dem Schoß. Über den Bildschirm floss ein nicht endender Strom von Daten. Er unterbrach ihn zuweilen um zu inspizieren, was bereits angekommen war: Texte, Zeitungsausschnitte, Faxe, Aktennotizen, Dossiers, Bilder von Personen, Tonaufnahmen von Gesprächen, Videos, Tabellen, Datensätze.

Als Anna auf ihn zukam, nahm er die Kopfhörer ab.

Anna: "Welch idyllischer Anblick. So habe ich mir den russischen Helden der Arbeit vorgestellt."

„Ganz richtig, ich faulenze. Mein Bot, das gute Mädchen, arbeitet für mich. Sie ist eine wahre Heldin. Komm, setz dich zu mir, ich zeige dir ein paar Bilder."

In der Liste von Dateinamen, manche davon in kyrillischer und arabischer Schrift, aktivierte Eugen ein Video. Es stammte von einer Überwachungskamera im Grünen Saal von Sankt Petersburg.

„Schau hier, das ist Pjotr, unser spezieller Freund. Ihm haben wir vermutlich den Einbruch zu verdanken."

„Oh, große Roben, Champagner und Kaviar. Feines Volk in einem wunderbaren Saal. Was geht hier vor?"

„Ich werde es herausfinden. Die passenden Messages, Emails und Faxe habe ich noch nicht gelesen. Hier ist Aleksander, ein Mann mit Beziehungen. Ich kenne die Graue Eminenz von früher. Vermutlich ist er der Gastgeber. Jetzt stellt er Pjotr einem Orientalen vor. Wir werden bald wissen, wer das ist. Schau, die beiden reden immer noch. Sie haben wohl gemeinsame Interessen."

„Pjotr sieht aus, wie wenn er etwas auf dem Kerbholz hätte."

„Das hat er in der Tat. Und bald wird es die Welt wissen."

„Was hast du vor?"

„In drei Tagen wirst du es in der Zeitung lesen."

„Sie schickt ja noch immer Sachen."

„Bisher hat sie Stoff von der Außenhandelskammer geliefert. Dann wird sie sich wohl den Inlandsgeheimdienst vornehmen. Dann wird sie nochmals Pjotrs

Maschinen durchkämmen und versteckte Links finden. Und dann wird sie sich Pjotrs *Freunde* vornehmen.

Es wird noch ein wenig dauern, doch sie kennt ihr Handwerk genau. Ich habe es ihr beigebracht."

83

Es war früher Abend in Sankt Petersburg. Ein grauer Kleinbus hielt auf dem Trottoir vor einem Bürogebäude. Eine Schar bewaffneter Polizisten stürmte heraus und in das Gebäude. Ein Polizist nahm den Platz am Empfang ein, der Rest rannte treppauf. Das Splittern einer Tür war zu hören und harsche Kommandos. Bald darauf kam eine Reihe von Menschen die Treppe herunter. Piotr und seine Leute wurden mit gefesselten Händen zum Bus eskortiert. Dessen Türen schlossen, er rollte davon. Nicht ein Wort wurde gesprochen.

84

Rachel und Vijay betraten Chucks Büro. Chuck kam sofort zur Sache und deutete auf dem Tisch. Dort lag eine Zeitung mit einem Bild von Piotr in eleganter Kleidung mit Handfesseln, darüber die Schlagzeile: *Kopf der Cyber-Mafia gefasst.*

Vor zwei Tagen wurden die russische Regierung und die internationale Presse durch Blogs der besonderen Art in Kenntnis gesetzt. Blogs der Spitzenpresse in Russland und einem Dutzend weiterer Länder waren gehackt und ein anonymer Beitrag hinterlegt worden. Chuck war begeistert.

„Das ist die cleverste Art der Publikation. Sie ist weltweit, spektakulär und gefeit gegen jede Art von Zensur. Wow. Hut ab vor diesen Profis."

Alle Drei waren sich einig, dass sie wieder einen Tsunami erleben würden. Das Blätterrauschen hatte erst begonnen mit schnellen Kommentaren im Fernsehen und einigen Druckmedien, denn der Blog war riesig. Noch war die Fülle des Materials nicht übersetzt, geschweige denn analysiert. Das würde aber rasch passieren, denn es war brandheiß.

Sie stöberten in den hundert Teilen des Blogs, die ihnen automatisch übersetzt vorlagen, und sahen Emails und Fotos, Namen und Adressen, Datensätze und Dossiers.

Rachel: „Wow, da hat einer ganze Arbeit geleistet, da hat einer alles angezapft: Presse und Banken, Behörden und Mafia."

Chuck: „Von der NSA habe ich gehört, das Zeug enthält Berge von Neuigkeiten und sie kennt fast nichts davon. Das sei ein Schock, einfach unerklärlich.

Beim Joint Investigation & Intervention Command, unserer Eingreiftruppe, haben sie bereits eine Task Force gebildet. Fünfzehn Spezialisten brüten bereits über dem Blog. Sie glauben, sie hätten Stoff für Monate, und die erste heiße Spur führe in den Nahen Osten."

Chuck war zu Beginn des Treffens erregt und erlangte nun seinen Gleichmut zurück. Endlich sprach er aus, was ihn umtrieb.

„Das, meine Freunde, habe ich mir immer von unseren Bots gewünscht. Es wäre unser Sieg gewesen."

Chuck konnte sich das Geschehen nicht erklären und rätselte. Jemand müsse ziemlich wütend auf Pjotr Denisowitsch gewesen sein und in der Lage ihm zu schaden, vielleicht ein Insider oder eine rivalisierende Bande. Oder wollte ihn die Regierung hochgehen lassen?

Nochmals studierten sie den Blog. Die ungeheure Vielfalt seiner Teile verblüffte sie. Sie waren alt und neu, von unterschiedlichster Art und von beliebigem Tiefgang. Damit schieden die russische Regierung und ihre Geheimdienste als Urheber aus, sie würden nie schaffen, was nicht einmal die NSA geschafft hatte. Für Einzelpersonen oder Rivalen wäre der Riesenblog zu aufwändig zu erstellen. Sie schieden ebenfalls aus. Vielleicht hätten es die Chinesen oder die Israelis schaffen können. Vielleicht hatten die ihre neueste Technik im Feld getestet. Aber dann Blogs ins Web stellen? Nein, daran war nicht zu denken.

Vijay sah Rachel an und lächelte.

„Was bleibt, ist Eugen und sein Bot. Nichts und niemand auf der Welt hätte das sonst schaffen können."

Bei dieser Bemerkung war Chuck wie vom Donner gerührt.

„Was sagst du da? Ein Bot? Er soll es geschafft haben?"

„Chuck, es gibt keine andere Möglichkeit."

Rachel: „Auch ich beginne an Wunder zu glauben. Schade, dass Bill nicht da ist, er hätte sich gefreut."

Chuck: "Ihr glaubt nicht, wie ich mich freue. Mein Traum ist wahrgeworden. *Oh happy day* (oh glücklicher Tag). Kommt, wir gehen essen, ich lade euch ein."

Nie zuvor hatten Rachel und Vijay Chuck so gelöst erlebt wie bei diesem Mahl, das er mit dem Cocktail *Rusty Nail* (Rostiger Nagel) begann und mit einem *Wall Banger* (Schlag gegen die Wand) beendete. Sie hatten viel zu bereden. Chuck erfuhr vom Treffen bei Joe in Venice. Keine rettende Idee war ihnen in den Schoß gefallen und niemand wollte die Bot-Rettung in die Hand nehmen. Dann sprachen sie über den *Blog des Wunderbots*. Es war und blieb ein Mysterium. Sie waren mit Eugen in Kontakt, Bill kümmerte sich um ihn und hatte ihn neulich gewarnt. Nie hatte Eugen angedeutet, dass er an Bots arbeitete, geschweige denn, dass er vorangekommen war. Und nun dieser Durchbruch! Was war zu tun? Sie beschlossen, Bill sollte Eugen besuchen und Licht ins Dunkel bringen. Dann würden sie weitersehen.

85

Bill stand bereits auf dem Hügel, als Eugen eintraf und sein Fahrrad auf den Boden legte. Die beiden Männer gingen aufeinander zu und klatschten die Hände aufeinander. Bill schaute Eugen an und dann das Fahrrad.

„Ich sehe, die Landluft tut dir gut und dein Porsche hält dich fit."

„Du hast mich ja hierher geschickt. Dafür hast du einen Wunsch frei. Besuch uns doch. Anna und Jean würden sich sehr freuen. Mach mal wieder Urlaub auf dem Bauernhof. So schön wie in Texas ist es hier allemal.

"Ok. Versprochen. Grüß mir die beiden."

Dann setzten sie sich und schauten hinunter auf die Abtei.

Bill: „Hier hat es begonnen. Hier hast du von deiner großen Idee gesprochen. Ich höre noch heute den Hall deiner Worte in der Krypta."

„Die Idee war wohl eine Nummer zu groß."

„Wie kannst du das sagen? Liest du denn keine Zeitung? Schau mal, was ich auf dem Flughafen ergattert habe."

Bill öffnete seine Tasche, zog einen dicken Packen Zeitungen aus aller Herren Ländern heraus und breitete sie auf dem Boden aus. Jede erzählte die Geschichte eines russischen Kriminellen, der auf unfassbare Weise zu Strecke gebracht wurde.

„Ich gratuliere dir, mein Freund. Ab jetzt fährst du im Gelben Trikot und wirst die Tour gewinnen!"

„Ich schätze, so berühmt wie Pjotr wird keiner von uns werden. Nur Gauner und Politiker kommen auf die Titelseiten."

„Es bricht mir das Herz: nirgends steht dein Name, keiner kennt dein Bild. So wirst du nie den Turing-Preis bekommen."

„Unsinn. Halt uns bloß den Daumen, dass sie uns nicht kriegen, die Geier von der Presse."

„Ich halte den Daumen bereits. Noch halten wir das Thema *Sintflut* unter der Decke. Das ist ein full-time Job für Chuck und mich. Deshalb fliege ich heute Nacht schon wieder zurück.

Gut, dass dir Ruhm nicht wichtig ist. Du willst ja Perfektion."

„Von Perfektion hab' ich geträumt, schon da unten in der Krypta. Und es ist noch nicht vorbei. Ich träume noch immer von der perfekten Theorie, elegant und praktisch zugleich."

„Dafür hast du viel riskiert."

„Ich habe gespielt und alles riskiert. Doch ich habe nicht gewonnen, Bill. Noch nicht."

„Ich verstehe dich nicht. Schau auf die Zeitungen. Dein Blog ist der Beweis: du bist so weit gekommen wie du wolltest. Was willst du mehr?"

Eugen durchsuchte nun seine Taschen und förderte einen kleinen Gegenstand zutage. Er öffnete eine Hand, drehte die Handfläche nach oben, legte einen Memory-Stick darauf und ließ dessen goldenes Gehäuse in der Sonne glänzen. So überreichte er ihn.

"Mein Bot. Er ist für dich."

Bill nahm das Geschenk mit großem Respekt, befühlte es und las die Gravur *Anna*. So hatte Eugen seinen Bot genannt.

„Der Goldene Bot – die perfekte Kreatur aus der Hand ihres Schöpfers. Welch ein Geschenk."

„Ich, ihr Schöpfer? Nein, Bill. Glaube mir, mit dieser Kreatur habe ich wenig zu tun. Und leider verstehe ich sie nicht."

Das hatte Bill nicht erwartet. Ungläubig sah er Eugen an. Eugen sollte etwas nicht verstehen? Ausgerechnet er und noch dazu seinen Bot. Sollten etwa die Gerüchte zutreffen, er sei etwas sonderbar geworden, ein wenig verrückt vielleicht, noch immer nicht geheilt von seiner Krise in Stanford. Bill dachte nach und eine lange Pause entstand. Eugen lächelte als er Bill ansah und seine Zweifel bemerkte.

„Es klingt meschugge, ich weiß es. Und doch ist es so: ich verstehe die Kreatur nicht. Eines fernen Tages werde ich sie vielleicht verstehen. Dann werden wir uns wieder treffen und ich werde dir eine wundersame Geschichte erzählen. Es wird die Geschichte sein von einem einzigartigen Geschöpf, das sich selbst entwickelt hat und so Gödels Fluch entkam."

Die beiden Freunde saßen eine Weile in Ruhe und genossen den Augenblick. Eugen holte ein Bündel aus seinem Rucksack, breitete ein Tuch aus und kredenzte Wein, Käse und Brot.

„Schau, auf einem der Hügel dahinten hat Jean mich mit einem französischen Picknick geködert und ich habe angebissen."

Sie hoben die Gläser und prosteten sich zu. Schließlich brachen sie auf. Eugen stieg auf sein Fahrrad und rollte davon.

86

Eugen fuhr den Hügel hinunter, mühte sich den nächsten Hügel hinauf, fuhr an Henris Feldern entlang und bog ein in dessen Hof. Dort saß Henri auf der Bank unter den Blütentrauben des Blauregens.

„Ich habe auf dich gewartet. Anna hat gesagt, du wirst kommen. Vorgestern hat es geregnet und gestern war es warm. Deshalb geh ich heute in die Pilze. Ich kann sie schon riechen. Komm mit und hilf mir. Wenn du hier leben willst, musst du die Pilze kennen und lieben. C'est normal. Das ist eben so."

Sie fuhren hinüber zum gewaltigen Forêt de Lente, der mehrere Bergkuppen bedeckt. Jetzt war die Zeit für Steinpilze in dieser Höhe gekommen. Henri führte abseits der wenigen Wege.

„Sieh dich vor, da drüben ist ein Abbruch. Du wärst nicht der erste Pilzsammler, der abstürzt. Und sieh mir zu, wie ich suche. Hier wächst das Kraut zu hoch, es nimmt alles Licht weg. Darunter wächst kein Pilz. Und auf der anderen Seite, da ist es zu sumpfig. Die Pilze mögen es licht, warm und trocken, so wie hier im Moos. Oder hier unter den jungen Tannen. Leg dich auf den Bauch, kriech ins Dickicht und schau ob du etwas findest."

Sie fanden Steinpilze, junge Tintlinge, Pfefferröhrlinge und eine Krause Glucke, groß wie ein Fußball.

„Die Steinpilze kannst du behalten. Trockne ein paar oder lege sie in Öl ein. Den Rest brätst du mit Butter und Knoblauch, das ist ganz einfach. Komm heute Abend rüber und schau zu, wie Marie-Therese ihre Pilzpfanne macht. Das ist hohe Kunst und es wird dir schmecken."

87

Eugen kehrte nach Sankt Petersburg zurück, von wo er in Eile aufgebrochen war. Er wollte ein paar Dinge in Ordnung bringen und den Fall Pjotr Denisowitsch beobachten, denn er misstraute der russischen Justiz. Sie würde dieser Affäre nicht gewachsen sein und er könnte darunter leiden. Auch Feiwel, seinen alten Weggenossen, wollte er besuchen.

Der hatte sich um Eugens Wohnung gekümmert und prompt Besuch von Pjotr's Leuten bekommen, die auf der Jagd nach Eugen waren und ihn bedrohten. Er konnte ihnen einreden, dass Eugen wohl lange geplant hatte, mit unbekanntem Ziel zu verreisen, hatte er doch, um seine Schulden zu begleichen, alle Computer zurückgegeben. Die seien nun ausgeschlachtet, aber die Schulden damit noch nicht beglichen. Abgehauen sei er, dieser arme Irre, und habe ihn sitzen lassen. Zehn Flaschen Wodka würde er wetten, dass Eugen sich in den warmen Süden abgesetzt habe, alt und verrückt genug dafür sei er ja.

Es lief gut für Eugen – sein Name war im Fall Denisowitsch bisher nicht aktenkundig geworden. So verbrachte er viel Zeit mit Feiwel, der sich schon immer für seine Arbeit interessierte, die nun nach langer Zeit eine erstaunliche Wende genommen hatte. Sie unterhielten sich blendend über Eugens Abenteuer in USA und über den Zauber der Drôme, wo Eugen Wurzeln zu schlagen schien. Eugen hatte einen Rucksack voll französischen Cognacs mitgebracht und nun waren sie dabei, die erste Flasche zu leeren.

Mit ungläubigem Staunen folgte Feiwel Eugens Rede, die von einem alten Traktor und einem alten Garten handelte, von Käse, Pilzen, Philosophie und der Vermutung, dass der Bot Phi gefunden habe, die Zahl des Lebens.

Merkwürdig verändert erschien er. War das noch der Held der Wissenschaft – die Triebfeder und der Kompass eines Spitzeninstituts? Bewegte sich der ehemalige Genosse Direktor gar abseits der Wissenschaft? Eugen bemerkte die Skepsis in Feiwels Augen.

„Ja, mein Freund, es macht mir Spaß, Neues zu probieren. Was ich schon weiß hilft nicht weiter, soviel ist sicher."

„Wenn du Neues ausprobieren willst, dann lass uns zum Essen gehen. In der Nähe hat kürzlich *Jae Hwa* eröffnet, ein Koreaner. Der macht Borschtsch nicht mit Rüben, sondern mit Kraut. Das ist neu."

Unterwegs berichtete Feiwel, dass der Fall *Pjotr Denisowitsch* enorm an Spannung gewann, als alle Kontakte Pjotrs offengelegt wurden, und damit die Verflechtungen von Presse und Polizei, Ministerien und Mafia.

„Ich habe gehört, Pjotrs Edelbordell, der Wellnesstempel *Das 5. Element*, wurde geschlossen und seine Klientel publik gemacht. Daraus entwickelt sich nun eine diplomatische Delikatesse, denn Aleksander und seine internationale Entourage gehörten zu den Stammgästen.

Zu diesem erlauchten Kreis gehörst du nicht, hast also nichts mehr zu befürchten. Eugen, du brauchst nicht mehr durch die Welt zu gondeln. Bleib hier. Dann können wir unsere alten Tage zusammen genießen und alles wird gut."

Eugen schüttelte den Kopf.

„Nein, ich gehe zurück – mein Spiel ist noch nicht zu Ende, und ich hoffe, mir bleibt noch ein wenig Zeit, bevor mir die Würfel aus der Hand fallen.

Übrigens, ich mag Frankreich. Dies sanfte Land würde dir ebenso gefallen wie mir. Also, komm und besuche mich. Komm im Frühjahr, dann wachsen die Morcheln. Sie sollen eine Reise wert sein."

88

Bot Anna lag im goldenen Gehäuse auf dem Küchentisch. Chuck und Bill hatten texanisches Chili con Carne gegessen, Tequila getrunken und sich dann zu einer Wanderung aufgemacht – der Indianersommer hatte sie in den Ahornwald gelockt.

Chuck wusste nun über Bills Ausflug zu Eugen Bescheid und Bill war über Terry Hancock informiert. Terry hatte das Bot-Projekt mit Interesse verfolgt, wusste um die Krise und die Sintflut und bestellte Chuck umgehend zum Rapport, als der Blog des Bot erschien. Er wollte endlich Endgültiges erfahren.

Die beiden saßen am Tisch, tranken Kaffee und hingen schweigsam ihren Gedanken nach. Das Projekt hatte einen Wendepunkt erreicht.

„Bill, wir müssen entscheiden: *Go* oder *No Go*. Nach dem Treffen in Venice hast du gesagt, der Bot sei tot. Nun lebt er aber und ist munter wie nie zuvor. Und eine Kopie von ihm liegt auf dem Tisch. Können wir ihn einsetzen?"

„Was meinst du? Du kennst die ganze Geschichte genauso gut wie ich. Jetzt hat selbst Eugen das Handtuch geworfen. Er zweifelt, ob er den Bot je verstehen wird. Er sei gar nicht seine Kreatur. Weiß der Kuckuck, was er damit meint."

Chuck nickte und atmete tief. Dann klappte er sein Notebook zu und schlug mit der Hand auf den Tisch.

„Ich habe mich entschieden. Wir lassen den Bot in seinem goldenen Käfig und legen ihn in den Tresor.

Das war's dann, mein Freund. Du wirst jetzt mehr Muße haben. Bill, ich danke dir, du warst großartig."

Er brach auf. Beim Abschied beugte sich Bill an das offene Fenster von Chucks Wagen.

„Ein Funken Hoffnung besteht noch. Eugen wird nicht aufgeben. Niemals. Da bin ich mir sicher. Ich habe seinen Stolz auf den Goldenen Bot gespürt. Er sprach wie von einer Tochter, die über ihn hinausgewachsen ist. Er wird sich um sie kümmern sein Leben lang.

Uns bleibt also nur, zu warten und zu hoffen. Nun gute Fahrt, mein Freund."

89

Es gab eine Kleinigkeit, die Bill verschwiegen hatte, denn er ließ Chuck in dem Glauben, den einzigen Bot zu besitzen, den Goldenen Bot.

Nach dem Treffen mit Eugen, überlegte Bill gründlich was zu tun sei, stieg wiederholt hinauf zu Susans Vista, dachte sich Susan an seiner Seite und fragte sie um Rat. Er beschloss das Projekt zu beenden und das Team aufzulösen.

Dann kamen ihm Bettys letzte Worte in Venice in den Sinn: *Hey, Leute, ich will Gödels Fluch eliminieren oder ich sterbe.* Diese Worte hatte ihn berührt und er sah sie vor sich – die grazile Dame mit silbernem Haar und eisernem Willen. Er rief sie an, hörte ihre gequälte Stimme und wusste, dass sie mit den Bots noch nicht im Reinen war: "Betty, ich habe einen Sack voll Neuigkeiten. Du wirst staunen. Bitte komm und besuche mich."

Als sie im Garten am Felsen saßen, sprach Bill von seinem Treffen mit Eugen, dem Goldenen Bot und dem Blog.

„Bill, das ist verrückt, unmöglich, lächerlich. Verschone mich mit dem Nonsens." Bittere Erinnerungen überkamen sie.

Bill zog einen Memory Stick aus der Tasche: „Es ist möglich. Hier ist der Bot, Eugens Geschenk."

„Wie ist er Gödels Fluch entkommen?"

„Keiner weiß es, auch Eugen versteht seinen Bot nicht."

Plötzlich war Betty elektrisiert, ergriff Bills Hand und nahm den Stick.

„Lass es mich machen. Bitte."

Bill hatte es vorhergesehen. Betty wollte das Rätsel lösen. Es würde der Sinn ihres Lebens sein.

Betty: "Ich glaube nicht, dass ich es schaffe. Die Komplexität wird mich eine weitere Lektion lehren – sie ist meine grausame Lehrerin. Es gibt nur einen Funken Hoffnung. Und das ist wunderbar."

„Betty, der Stick ist für dich, für dich allein."

„Hab Dank, mein Freund. Du hast an mich gedacht. Von nun an werde ich mich quälen, Spaß haben und vielleicht einen Blick ins Paradies werfen."

Nachdem Betty heimgefahren war, saß Bill wieder am Felsen und sann über seine Projekte nach. Zuerst hatte er den Job, die Welt zu beobachten vom Satelliten aus. Dann wollte er dazu Bots benutzen. Wie seltsam. Einmal endete er im Sieg, dann in der Niederlage. Die war bitter, doch Betty hatte sie gelindert als sie sagte: „Wenn du an Komplexität scheiterst, dann ist er eine ehrenhafte Niederlage." Dabei hatte sie gelächelt. Sie lächelte auch als sie von ihrem Tod sprach und der Hoffnung, die sie noch hatte.

Bill dachte nun an seine letzte Hoffnung: Seine Asche sollte ihren Weg zu Susan finden. Dann sollten Gras und Löwenzahn darauf wachsen.

90

„Ich habe Trauben gegessen, Anna, sie sind reif und köstlich."

„Ja, das sind sie. Bald werde ich mit ihnen die Cassis-Marmelade veredeln. Und du wirst mir dabei nicht zuschauen dürfen. Es ist nämlich ein Familiengeheimnis. Schau, ich habe Kartoffeln im Korb. Heute gibt es ein Gratin. Da darfst du mir helfen, das ist kein Geheimnis. Ha."

Anna und Eugen saßen im Garten auf der Bank neben dem Brunnen. Eugen berichtete von seiner Reise nach Sankt Petersburg, von einem Gespräch mit Bill und vom Ende des Projekts.

„Dann wirst du mehr Zeit haben. Die Damen in meinem Seminar haben sich übrigens nach dir erkundigt, wollten wissen, ob du die Schönheit berechnet hast und glücklich bist. Ich denke, ihr könntet Euch gut unterhalten."

„Wenn sie mögen, dann werde ich ihnen von *Lust & Frust mit Bots* erzählen – am besten in der alten Bar."

„Und dann werden dich alle in den Arm nehmen. Ich kenne sie. Und Amelie wird dich wieder küssen."

Anna hörte nun zu, wie Eugen sich an jenem unvergessenen Tag erinnerte, den Anna ihm bereitet hatte – diese wunderbare Komposition mit den vier Sätzen *Seminar, Bar, Schlucht und Pass*. Dieser Tag habe ihn zwar nicht erleuchtet, aber verändert. Irgendwie.

„Ich erinnere mich gut. Damals wolltest du wissen, was *Schönheit* ist. Jetzt willst du wissen warum ein Bot nach Schönem sucht.

Diese Frage trieb Eugen in der Tat mächtig um. Oft setzte er sich nachts an seine Workstation, ohne Hoffnung, die Antwort zu finden, um schließlich einzusehen, wieder nur eine Fata Morgana gejagt zu haben.

Er begann an sich zu zweifeln. In Stanford hatte er zumindest immer einen Verdacht gehabt, warum sein Bot versagte, also eine Idee, die ihn antrieb. Nun aber hatte er zum ersten Mal in seinem Leben keinen Verdacht und keine Idee, die ihm Hoffnung gab.

91

Anna sah, dass Eugen sich quälte und erschöpfte. Er sollte auf andere Gedanken kommen.

„Hast du dir überlegt, warum ein Mensch nach Schönheit suchen würde, jemand, der wie dein Bot gar nicht weiß, dass es Schönes gibt, also jemand, der nicht zur Schule, aber mit offenen Augen durch die Welt geht."

„Warum sollte ich das? Ich bin kein Psychologe und mein Bot hat keine Psyche."

Eugen hörte sich sprechen und stutzte: was er sagte war nicht in Ordnung. Früher hätte er Annas Ansinnen wohl als weibliche Metaphysik abgetan, doch nun brachte ihn ihre Frage zur Besinnung. *Anna hat noch nie eine dumme Frage gestellt – also hör zu und denk nach, du Dummkopf,* sagte er zu sich selbst.

„Anna, was meinst du?"

„Ich glaube, manche Menschen sind angetan von Schönheit und erkennen sie in der Kunst, in der Natur und überall. Irgendwie. Die Faszination des Schönen scheint ihnen angeboren zu sein. Wie deine Liebe zu Bach.

Andere Menschen bemerken Chaos in sich selbst, weil ihre Gedanken und Wünsche drunter und drüber gehen. Sie fühlen sich falsch programmiert und fürchten sich davor. Sie suchen Heilung im Schönen und Vollkommenen. Schönheit schafft ihnen Wohlbefinden. Oft flüchten sie in den heilenden Schoß der Ordnung."

Eugen saß still. Mit geschlossenen Augen memorierte er, was er gehört hatte. Von Chaos und Furcht hatte sie gesprochen, von Flucht und Heilung. Diese Begriffe wären ihm nie in den Sinn gekommen.

Er seufzte und sah Anna an, die in Ruhe neben ihm saß. Ihm wirbelten die Gedanken durch den Kopf. *Falsch programmiert* hatte sie gesagt. Die Worte triggerten Erinnerungen an sein Scheitern. Wieder hatte er die düsteren Bilder vor Augen, als ihm die Sonden anzeigten wie sich die Verklemmungen im Gehirn des Bots entwickelten – unfassbar und unkontrollierbar. Menschen konnten drüber wahnsinnig werden. Und Bots?

Eugens Gedanken kamen und gingen wie sie wollten. Er verspürte große Lust wegzulaufen, um Pilze zu suchen, Kartoffeln zu schälen, eine Fuge zu spielen. Das würde seine dunklen Erinnerungen ausschalten. Doch er blieb.

Annas Lächeln beruhigte ihn. Er lehnte seinen Kopf an ihre Schulter und sie nahm ihn in den Arm. Nun versiegte der Strom der Erinnerungen. Sein Kopf wurde frei und langsam formte sich eine Idee: *Konnte es sein, dass in seinem Bot Chaos entstand und sie sich dieses Gebrechens bewusst wurde? Konnte es sein, dass sie deshalb Heilung suchte und Schönheit fand?*

„Anna, lass uns kochen. Ich habe Lust dazu."

„Dann lass uns gehen."

In der Küche half Eugen bei den einfachen Arbeiten und fühlte sich wohl dabei. Dann saßen sie bei einem schlichten Mahl zu Tisch.

92

„Anna, wenn sich ein Bot selbst heilen muss, dann haben wir es mit der absurdesten Begebenheit zu tun, die sich denken lässt. Bitte rede mit niemandem über meine Schande. Kein Wort."

Anna lächelte nur, stellte ein Glas ihrer Cassis-Marmelade, die Eugen noch nicht kannte, auf dem Tisch und reichte ihm eine Kostprobe.

„Iss und probiere etwas Neues."

Eugen kostete den himmlischen Geschmack und erwiderte Annas Lächeln.

„*Absurd* und *Schande* hast du gesagt. Unsinn, mein Freund, sieh dir die Sache aus einem anderen Blickwinkel an."

„Nun?"

„Du hast deinem Bot die Möglichkeit eingepflanzt, sich zu entwickeln, und das hat sie getan. Das ist großartig."

So hatte Eugen die Sache noch nie gesehen. Er grübelte.

„Sie hat geschafft, was du nicht konntest und ist ein gutes Mädchen geworden. Das ist ein Geschenk."

„Ein Geschenk?"

„Erinnerst du dich an den Winterabend, als wir am Kamin saßen?"

„Natürlich. Damals habe ich *kalós kai agathós* gelernt. Der Rhythmus dieser Wörter geht mir bis heute nicht aus dem Sinn."

„*Mein Bot ist frei*, hast du damals gesagt und warst sehr stolz darauf. Für diese Freiheit hast du teuer bezahlt."

Eugen nickte und dachte an Bettys Warnung *Evolution is Not a Free Lunch*. Er dachte auch an seinen Streit mit Rachel auf der Ranch. *Du spielst Gott*, hatte sie gesagt, *das ist eine Sünde*. Er stöhnte.

„Du hast teuer bezahlt, aber auch gewonnen, denn dein Mädchen hat sich großartig entwickelt. Diese Freiheit hast du ihr gegeben."

Eugen dachte an jenen Nachmittag in Annas Garten, als er die Flut der Meldungen seines Bots über Pjotr erhielt. Wieder spürte er dieses einzigartige Gefühl von Stolz, Erlösung und Gnade, das einem Entwickler zuteil wird, wenn seine Kreation die letzte Hürde nimmt und beweist, wieviel sie kann.

93

Bis in die Morgenstunden des nächsten Tages saßen sie zusammen und tauchten ein in die Zusammenhänge von Freiheit & Komplexität, Zufall & Notwendigkeit,

Gutem & Schönem. Sie diskutierten die Erfolgsfaktoren für den Bau eines Bots.

Schließlich besprachen sie den Umstand, dass sich ein Bot einen Begriff von Schönheit gebildet hatte – die Bilder in Eugens Studio waren der Beweis dafür. Nichts Vergleichbares hatte es je in der Welt der Wissenschaft und Technik gegeben.

Sie kamen überein, diesen glücklichen Umstand zu nutzen und der Frage nachzugehen: *Wie ist dieser Begriff gebaut, wie wird er benutzt und was kann er bewirken?*

„Anna, ich hoffe, wir haben endlich die entscheidende Frage gestellt – nach all den Mühen und Niederlagen.

„Jedenfalls bin ich neugierig und kann die Antwort kaum erwarten. Aber dazu hast du noch einen weiten Weg zu gehen, und dafür wünsche ich dir *Bonne Chance.*"

94

Betty war beschäftigt mit dem Reaktivieren alter Software – ihren Testwerkzeugen. Vor Jahrzehnten hatte sie die liegenlassen als sie ihre Träume von wissensbasierten Systemen der nächsten Generation aufgab. Doch sie wusste, ihre Ideen, wie man künstliche Intelligenz testen könne, hatten nicht gealtert, waren noch immer unübertroffen. Und nun waren sie brandaktuell: keine andere Technologie konnte so gut klären, was sich in einem künstlichen Gehirn abspielt.

Sie war so fleißig, dass sich Joe beklagte, sie vernachlässige ihn. Und in der Tat, sie hatte ihn lange nicht mehr zum Strand begleitet. Sie hämmerte in die Tasten, hatte Monate voller Arbeit vor sich. Erst wenn die Testsuite auf ihrer Workstation lief, konnte sie miterleben wie der alte Bot im Bermudadreieck unterging und sehen warum der neue Bot überlebte. Dann würde sie endlich die Bots verstehen und der Himmel würde sich öffnen.

Impressionen

Abtei Saint Antoine

Chaos Computer Camp
https://de.wikipedia.org/wiki/Chaos_Communication_Camp

Jennifer Project
https://de.wikipedia.org/wiki/Azorian-Projekt

Massachusetts Institute of Technology
https://en.wikipedia.org/wiki/
Campus_of_the_Massachusetts_Institute_of_Technology

Stanford University
https://de.wikipedia.org/wiki/Stanford_University

Venice Beach
http://de.wikipedia.org/wiki/Venice_Beach

Evolution is not a free lunch
http://store.mcescher.com/posters/sky-water-large-poster-b-w

Karneval der Strukturen
http://www.framsticks.com/a/al_pict.html

Selbstreferenz
http://store.mcescher.com/drawing-hands-large-poster-b-w

Goldener Schnitt
http://commons.wikimedia.org/wiki/Golden_ratio

Konferenzhotel
http://en.wikipedia.org/wiki/Millennium_Biltmore_Hotel

Buchara
http://de.wikipedia.org/wiki/Buchara

Drome

MCRE Verlag
Neuerscheinungen

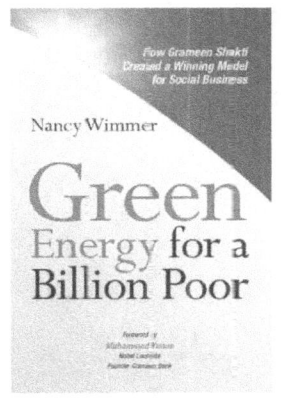

www.mcreverlag.de

www.ingramcontent.com/pod-product-compliance
Lightning Source LLC
Chambersburg PA
CBHW072049170626
46813CB00004B/1269